少年陰陽師
しょうねん おんみょうじ

少年陰陽師 伍拾貳

悲鳴之泣

こたえぬ背に哭き叫べ

【京城寢宮】

脩子

內親王，曾因神詔而長住伊勢。年紀雖小，卻是個聰明的公主。

彰子

左大臣道長的大千金，擁有強大靈力，現改名為藤花，服侍脩子。

風音

道反大神的女兒。原與晴明為敵，後來成為昌浩等人的助力，現以侍女「雲居」的身分服侍脩子。

藤原敏次

比昌浩大三歲的陰陽生，是最年輕的陰陽得業生。

【冥府】

冥府官吏

守護三途川的官吏，神出鬼沒。

榎岦齋

安倍晴明的朋友，原是個陰陽師，現在替冥府官吏做事，待在夢殿。

青龍	木將，四鬥將之一，從很久以前就敵視紅蓮。	天空	土將，外貌是個老人，統領十二神將。
六合	沉默寡言的木將，四鬥將之一，非常保護風音。	天后	水將，個性溫和、身段柔軟，隨侍在晴明身旁，照料晴明。
朱雀	與紅蓮同為火將，是天一的戀人。	太裳	土將，個性沉穩，昌浩小的時候，隨侍在成親身旁。
天一	心地善良的土將，朱雀稱她為「天貴」。	白虎	風將，體格魁梧壯碩，有時會採取肉搏戰。

【安倍家】

安倍昌浩

十八歲的半吊子陰陽師。
擁有強大靈力，陰陽師的才能在安倍家也是出類拔萃。
最討厭的話是「那個晴明的孫子!?」

安倍晴明
（爺爺）

絕代大陰陽師，是昌浩的祖父。
身上流著天狐的血。
有時會使用離魂術，以二十多歲的模樣出現。

吉昌

昌浩等人的父親，天文博士。

成親

昌浩的大哥，是陰陽博士。
與妻子篤子之間有三個孩子。

露樹

疼愛昌浩等孩子的母親。

昌親

昌浩的二哥，是陰陽寮的天文得業生。

【十二神將】

紅蓮

十二神將中最強、最兇悍的鬥將，又名騰蛇。會變成「小怪」的模樣，跟在昌浩身邊。

小怪（怪物）

昌浩的最佳搭檔，長相可愛，嘴巴卻很毒，態度也很高傲，面臨危機時會展露神將本色。

勾陣

土將，四鬥將之一，通天力量僅次於紅蓮。

太陰

風將，外貌是約六歲的小女孩，但個性、嘴巴都很好強。

玄武

水將，與太陰同樣是小孩子的外貌，但冷靜沉著。

他作了夢。

夢見不會到來的未來。
夢見不曾有過的過去。

是非常非常幸福的夢。

是讓人想沉溺其中的夢。

1

◇ ◇ ◇

吵吵。吵吵。
吵吵。吵吵。

吵吵。吵吵。
吵吵。吵吵。

波浪聲作響。

海津見宮蓋在漂浮於伊勢海上的海津島。
地底下有面臨三柱鳥居的祭殿大廳。
那裡是玉依公主經常祈禱，向天御中主神請示神諭的聖域。
磯部守直從通往祭殿大廳的石階走下來。
目前，是由前代玉依公主留下來的女兒齋，擔任玉依公主的職務，在祭殿大廳祈禱。
前代玉依公主已經去世多年。
齋繼任職務時，還是個十歲的孩子。
那之後過了四年，齋現在十四歲了。
走下祭殿大廳的守直，默默注視著齋的背影。她正端坐在木框結界前，面向三柱鳥居，全神貫注地祈禱。
篝火的火焰婀婀搖曳。兩個篝火、兩個結界，隔開了被神聖化的祈禱座席與人所居住的俗世。

守直目不轉睛地盯著齋的背影。

他不知道齋在祈禱什麼，但是，這樣望著她的背影，他就能想像前代玉依公主應該也是像這樣向神祈禱。

沒多久，可能是祈禱結束了，可以看出齋稍稍放鬆了肩膀。

這時候守直才開口叫喚。

「齋。」

回過頭的少女望向守直，她的容貌幾乎與十歲時完全一樣。

從那時候起，齋的身高、容貌完全沒有改變。

玉依公主也是用來恭請天照大御神降臨其身的依附體。

天照大御神是天御中主神的女巫神，不可能降臨人身，若是降臨會損毀依附體。高天原的最高神明天照大御神的神力，就是如此可怕。

齋在成為恭請神降臨的玉依公主時，就放棄了身為人這件事。

「父親。」

守直微微一笑。只有這一點跟四年前不一樣。四年前的齋，對於稱呼自己為父親這件事，還有些困惑、躊躇，但現在可以像這樣，非常自然地叫出口了。
齋一站起來，剛才不知道待在哪裡的兩名神使就現身了。
從原木的結界走出來的齋，左右站著益荒和阿曇。他們是在遙遠的神治時代，被天御中主神派來當玉依公主的隨從。
篝火嫋嫋搖曳。
光憑篝火的火焰，並不能完全照出聳立在波浪間的巨大的三柱鳥居，卻連守直都能隱約看到全貌，這可能是因為神收到齋的祈禱，所以神威充滿了鳥居。
走到父親面前的齋，露出看似稍帶微笑的表情，仰頭看著父親。
「怎麼了？父親，您很少下來這裡呢。」
守直苦笑起來。
齋說得沒錯。
雖然守直屬於伊勢神職的磯部氏族，但是從來不曾參與在這個海津見宮舉行的祭神儀式，因為在這裡是由度會氏擔任那個職務。
神使們說，度會的人對待齋的態度，比以前好多了。但是，守直不清楚以前是怎麼樣，所以，還是覺得度會氏對待齋的言行舉止既冷淡又刻薄。

有幾次他真的很生氣，但是，每次生氣，齋都會露出複雜的表情，所以他就忍住了。

其實是守直每次生氣，齋都會想，原來他這麼關心自己，不知道該露出什麼樣的表情才好，結果就變成複雜的表情了。

但是，她對這樣的自己感到害臊，所以沒有說出實情。

「我總是想盡量不要妨礙到妳。」

「哦。」

齋點點頭，等著守直繼續說下去。

每次面對直直仰望著自己的雙眸，守直對玉依公主至今不變的愛就會湧現心頭。從齋的身上，可以清楚看到那個美麗的玉依公主的影子。

「我作了夢。」

齋偏著頭問：

「作夢？」

當齋開口問是怎麼樣的夢，守在背後的兩名神使就彼此使了個眼神，悄悄地與她拉開了距離。

兩人退到篝火照不到的地方，身影消失在黑暗中。

守直垂下眼睛，陷入回憶中。

吵吵。吵吵。

吵吵。吵吵。

波浪聲作響。

在夢中也跟現在一樣，一直聽到這個聲音。

記憶不是很清楚。夢境片片斷斷，剛醒來時意識特別模糊，朦朧得像是蒙上了一層耀眼的暮靄。

在這座宮殿已經住了四年的守直，剛從現實般的夢裡醒來，一時有些混亂，不知道自己身在何處。

感覺花了一段時間，才想到自己是身在海津島的海津見宮的東棟建築裡的一個房間。

就是沉醉到如此地步。

「宛如夢般的夢。」

這麼說的守直，眼睛綻放著充滿幸福的柔和光芒，像是遙望著某處。

「夢般的夢，是怎麼樣的夢呢……」

守直注視著直眨眼睛的齋，回她說：

「公主……妳的母親、我和妳，三個人幸福地生活在一起的夢。」

守候在光線照不到的陰影裡的益荒和阿曇，凝視著邊笑邊說話的守直，和專注傾聽他說話的齋的背影。

兩人在說什麼，傳不到這裡。真要聽也能聽得到，但是，偷聽父女之間無關緊要的談話也太不知趣了。

更何況，那對父女已經分離很長一段時間了，守直直到四年前才知道齋的存在。

而且，齋不善於對人敞開心胸，即使對象是親生父親，她也花了很長的時間才能這樣跟他自然地交談。

願意為齋付出生命的人，非常少數。必要的話，神使們隨時有犧牲生命的覺悟，但是，他們不能那麼做。

因為那會讓齋想起，為了保護她以身為盾而丟失性命的玉依公主。

神使們都知道。

齋有時候會在半夜低聲尖叫著醒過來。

那種時候，一定是在作那天的夢。夢見倒地的公主，看都沒看她一眼就斷氣了。夢見她哭著向神祈禱也沒有用，公主的遺體被光包覆著消失了。

她一次又一次作著同樣的夢。

神使們不斷祈禱，希望齋能獲得遺忘的救贖。

不再作夢，記憶就會逐漸遠去，在那個瞬間襲向她的比千刀萬剮更激烈、更深層的痛就會逐漸淡化。

然而，夢就是會來，彷彿不允許她忘卻。

齋苦笑著說，那是自己曾試圖弒殺玉依公主所受到的懲罰。

神使們都知道，是齋自己不想忘記，她覺得不可以忘。

「那麼，」神使們只能祈禱：「玉依公主啊，至少在不斷重現的夢裡，把視線朝向妳心愛的女兒吧。」

「父親……！」

齋的聲音突然變大，響徹祭殿大廳。

篝火的火光照出按著額頭、腳步踉蹌的守直，以及想撐住父親的身體卻承受不住重量而被絆倒跌坐在地上的齋。

「齋小姐！」

「守直！」

益荒和阿曇大驚失色地衝過來，齋舉起一隻手表示自己沒事。

「別管我，先看看我父親，他突然頭昏……」

跪坐垂首的守直，連甩了幾下頭。

「妳沒事吧……齋，對不起，疼嗎？」

「不疼，我沒事。倒是您，父親，臉色不太好。」

在橙色光線的照射下，守直的臉卻是蒼白的。

益荒抓住想站起來卻沒能站穩的守直的手，將他撐住。

抓著阿曇伸出來的手站起來的齋，拍掉沾在衣服上的塵埃。

「益荒，送我父親回宮，讓他稍微躺一下。」

「遵命。」

守直用行動表示自己可以走，但是，才走幾步就搖搖欲墜，只好放棄，靠益荒扶持。

「父親，我稍後再去看您。」

「啊，我沒事。不用管我，先忙妳的工作。」

齋對關心自己的父親抿嘴一笑。

他總是在擔心自己之前，先擔心齋。經過這幾年，這一點還是會挑動齋的心弦。

目送益荒和守直爬上石階離去的齋，回頭看著聳立在波浪間的三柱鳥居。

「齋小姐，有什麼擔心的事嗎？」

看到少女有點緊張的側臉，阿曇悄聲詢問。

阿曇和益荒都不會稱齋為玉依公主，因為齋要求他們這麼做。

「剛才我向神祈禱時，有個影像浮現眼底。」

「那是？」

齋露出深思的眼神，搜尋措辭。

「雷……」

紅色的雷在黑暗中疾馳，轟隆聲劃破天際。此時，低鳴般的聲音從四面八方湧上來。

「在黑暗中，來了一群漆黑的東西，發出鳴叫聲。」

「一群什麼？」阿曇再詳問。

但齋搖著頭說：

「太暗了，我看不清楚是什麼，只知道鳴叫聲帶領著非常可怕的東西，好像伴隨著一碰觸就會連體內都凍結的寒冷。」

齋試著更具體地想起祈禱中神所顯示的東西，但想不出來更多了。

阿曇俯視緊閉雙唇的齋，忽地蹙起眉頭。

「對了……」

聽到來自上方的低喃，齋抬起頭問：

「怎麼了？」

「啊，沒有啦，不是什麼大不了的事……」

齋眨個眼說：

「是不是大不了的事，我聽完後自會決定。」

阿曇單膝跪下，讓自己的視線與齋的視線等高。

「我想起這幾天，有幾個在宮裡服侍的度會的人，一直說很冷，冷到身體都出了問題。」

「什麼？禎壬什麼都沒說啊。」

「是的……其實，禎壬也從今天早上臥床不起了。」

事情來得太突然，齋張大了眼睛。

度會禎壬是海津見宮的最高神官。即使是在宮裡服侍的度會氏的神官，也只有極少數的人知道，海津見宮有通往地下的石階，可以走到祭祀三柱鳥居的祭殿大廳。

禎壬是最高位的神官，當然知道這件事。早晚祈禱時，禎壬也會下來這裡，默默看著在結界裡面祈禱的齋。

他對在祭殿大廳祈禱的女巫，也就是當代的玉依公主齋，並不算非常友好，但是比起以前，兩人的關係已經好很多了。

起碼齋是這麼想，至於度會氏的人怎麼想，就不關齋的事了。

齋的想法是，只要沒有紛爭就行了。神一定不想看到他們無謂地爭吵、衝撞、彼此憎恨、彼此厭惡。

度會氏們抱持的負面情感造成的悲劇，就是齋作的那個夢。

「——」齋嘆口氣說：「我稍後去探望他。」

阿曇瞪大了眼睛。

「齋小姐，不必那麼關心他！」

聽到神使的話，齋苦笑以對。神使們，尤其是阿曇，現在也對度會氏很苛刻。

「既然臥病在床，就該去探望啊。妳看，神明也是同樣想法。」

就在齋所指的地方，一道閃光自天而降，化為附帶綠葉的小樹枝。

齋走進結界，撿起那根樹枝。

不到一尺長的樹枝，是葉子翠綠繁茂的柊枝。

齋不解地說：

「宮的庭院裡也有柊樹啊。」

既然蒙受賞賜，就該當成探病的禮物，但是特地帶除魔的樹枝去，是什麼意思呢？

不祥的預感閃過齋的心頭。

難道度會氏們的身體不適，是某種災難的預兆？

樹木的枯萎到處蔓延，導致氣枯竭，形成污穢。雖然樹木的枯萎沒有波及到位於海津島的海津見宮，但是聽說在越過大海的志摩和伊勢，大多有污穢的沉滯。

樹木枯萎，氣也會停止循環。

人間的災難，也會波及天與地。

就像當時發生在地御柱的災難，也危害到全國。

想到這裡，齋心中一震。對了，地御柱沒事吧？

在宮裡服侍的人，感覺比一般人敏銳。萬一他們的身體不適，不是病，而是有其他原因，那麼很可能與神或地御柱有關。

齋雙手捧著柊枝，在祈禱的地方跪下來。

「齋小姐？」

「我要去地御柱的御前，妳在這裡等著。」

頭也不回地下令後，齋閉上了眼睛。

「──」

再抬起眼皮時，眼前聳立著巨大的柱子。

這根可以說是國家整體支柱的國之常立神，位於三柱鳥居的遙遠下方，不是一般人到得了的地方。

齋把宿體留在祭殿大廳，只有心靈下來這裡。

她發現那根柊枝還在手上。是棲宿在柊枝裡的神氣，以樹枝的模樣現形。

齋環視周遭。

地御柱看起來沒有任何異狀。充滿靜謐氛圍的空間，從上面傳來拍打著三柱鳥居的波浪聲。

海也是神。波浪聲是神的氣息，也是神的歌聲、神的脈動。

觀察好一會後，齋鬆了一口氣。

看來是自己杞人憂天。

忽然，她看到記憶的殘影。

是個坐著仰望地御柱的少年。是留在這裡的記憶，讓她窺見了那個身影。

還有，在旁邊引導少年的玉依公主。

「……」

明知道那是這裡的記憶，僅僅只是殘影。

齋的心卻無比糾結。

啊，好想聽到她的聲音。

好希望她伸出白皙的手，對自己微笑。

好希望她呼喚自己的名字。

再一次、再一次、再一次。

每次、每次作夢，她都只有這個願望。

「……」

齋甩甩頭，俯首沉思。

所以，當守直說作了夢，說是玉依公主、守直與齋幸福地生活在一起的夢時，齋抬起頭看著笑得很幸福的守直，真心為他高興。

她真心覺得，父親這麼開心，實在太好了。然而，心底深處也同時湧現幾近瘋狂的羨慕。

好羨慕、好羨慕、好羨慕父親，可以再見到玉依公主、見到她最愛的母親。

羨慕到甚至有點妒忌。

「唔……！」

無意識握緊的柊葉扎到手指，產生了疼痛。

齋驀地屏住氣息，閉上眼睛。不可以有這種負面的心情，這種負面的心情會像某天那樣，化為黑色繩子，捆綁地御柱。

少年的殘影消失，響起了波浪聲。

咻咻。咻咻。

咻咻。咻咻。

知道他平安無事，只是不知道他過得如何？

京城的狀況也令人擔憂，還是請伊勢的神職通報狀況吧。

齋向地御柱祈禱後，離開了現場。

咻咻。咻咻。

咻咻。咻咻。

不絕於耳的波浪聲中，夾帶著微微的鳴叫聲。

從各個地方冒出來的黑點，聚集起來，邊鳴叫邊盤旋，開始在地御柱的周遭飛起來。

沒多久，從柱子後面出現一個頭披黑衣的纖瘦身軀。

身穿黑衣又披著黑衣的纖瘦身軀，纏繞著大群黑虫，發出鳴叫般的拍翅聲。

虫的拍翅掀起了披下來的黑衣，底下的長髮隨風飄揚。

大群黑虫邊鳴叫邊在地御柱周邊飛來飛去。

然後。

從很遠很遠的地方，微微傳來美麗、恐怖的歌聲。

——一……二……

◇　◇　◇

躺在宮裡其中一個房間的守直，看到祈禱結束後來探望自己的齋手上拿的是柊枝，便問她從哪來的。

齋回說是神賜予的，所以要拿去給臥病在床的禎壬。

明知禎壬絕對不會領情，齋卻還是關心他。這樣的善良，讓守直瞇起眼睛頻頻點頭。

守直笑著對齋說，自己只是有點累，睡一覺就好了。

齋微微一笑，回他說知道了。

然後在旁邊陪著他，直到他入睡。

守直的臉色有點蒼白，但心神平和，呼吸也很穩定。

看到父親的睡容那麼幸福、滿足，齋猜想他一定是繼續作著幸福的夢。

聽著規律的鼾聲好一會後，齋靜悄悄地退出了房間。

隔天早上，到了平時起床的時間，也不見守直的身影。

神使們覺得奇怪，想去看個究竟，但是，結束早晨的祈禱後回到宮裡的齋說要自己去看，便轉身離去。

她命令神使們不可跟來，自己走向父親的房間。

從連結棟與棟的渡殿，可以看到整片天空的雲。

齋心想，是快要下雨的顏色呢。豎起耳朵，就聽見隨風而來的微微遠雷。

她這才想起，很久沒看到太陽了。

「天照大御神要躲到什麼時候呢……」

無心的低喃與遠雷重疊。她心想，稍後向天御中主神祈禱時，恭請天照大御神降臨吧。

那片厚厚的雲，為什麼籠罩著天空呢？那道雷又是在祓除什麼？

走到房間後，齋先在木門前佇立一會，調整呼吸。

守直每次都會先梳洗更衣再去見齋，所以齋從沒看過他剛起床的樣子。

父親會是怎麼樣的表情呢？

滿心期待地打開木門踏入房間的齋，忽然覺得哪裡不對，眨了眨眼睛。

這個房間沒有不需要的家具，非常樸實。

守直曾對她說過，伊勢的磯部宅院裡什麼都有，希望哪天能帶她去看。對守直來說，這裡只是暫時的住處。

這裡除了父親，應該沒有其他人，齋卻覺得有誰來過留下的氣息。

守直的墊褥鋪在兩張屏風後面。齋以前聽說過，守直是把從磯部宅院帶來的衣服當成蓋被。

季節正值陰曆五月半。因為沒有陽光，天氣涼得不像這個季節，入夜更冷，所以應該蓋著更厚的衣服。

從帳子後面傳來規律的鼾聲。

「父親。」

齋隔著屏風叫喚，但沒有回應。

她悄聲往前走，掀開帳子。

守直靜靜睡著，睡容祥和。齋總覺得，他看起來很開心。

昨天他說他作了夢。說不定，現在正在作跟昨天一樣的夢，或是那個夢的延續。

齋跪在墊褥旁，伸手碰觸父親的肩膀。

「父親。」

她輕輕搖晃、叫喚。

「父親，該起床了，太陽已經高高升起了。」

雖然被雲遮蔽了——她在心裡這麼嘀咕。

「父親、父親。」

再稍微用力搖晃，守直還是沒有回應。

齋蹙起了眉頭。

「父親……？」

守直似乎睡得很幸福。

無法形容的不安，從齋的心底湧現。

「父親，請醒醒，父親、父親。」

這時候，擔心齋這麼久沒回來的神使們出現了。

「齋小姐，守直他……」

隔著屏風望向神使們的齋，發出內心明顯動搖的聲音。

「益荒、阿曇，父親的樣子……」

兩人撥開屏風的帳子，衝到齋的身旁。

「怎麼了？齋小姐。」

「守直怎麼了……」

神使們看到守直的臉，察覺事情有異。
靠近他說了那麼多話，他卻沒有被吵醒的跡象。
阿曇緊緊抱住齋，安撫她的心。
「守直，你醒醒啊，守直、守直。」
益荒加強力道搖晃，守直還是閉著眼睛，浮現淡淡笑容，完全沒有反應。
「父親……」
被齋顫抖的手握住的守直的手，無力地滑落在墊褥上。

守直陷入沉睡中，叫喚再多次都沒醒來。

吵吵。吵吵。

吵吵。吵吵。

從遙遠的地方傳來微弱的雷鳴，混雜在波浪聲中。

◇　◇　◇

2

◆◆◆

從小，她就看得到一般人看不到的東西。

對她來說，看得到那些東西是理所當然的事，知道其他人都看不到時，她覺得很奇怪，怎麼會這樣？

是老人告訴她，那叫做靈視能力。

聽侍奉她的女孩說，老人是這世上最強的術士，人稱陰陽師。

老人說，既然看得到，就表示那些東西也盯著她看，所以，為她做好了防備，不讓那些東西進來。

如老人所說，奇怪的東西、可疑的東西、可怕的東西都不再進入宅院了。

但是，不奇怪的東西、不可疑的東西、不可怕的東西，還是會不時跑進來，興致勃勃地盯著自己。

老人笑著說，如果連那些都阻擋，反而會刺激它們，讓它們更想闖入，所以要保留一點空間。

有這位老人在，自己遇到任何事都不用怕。

但是，她也稍稍想過。

老人畢竟是老人，歲數一定很大了。

往後，自己會不斷長大，再活很長的時間。

無論如何都無法想像，在自己活著期間，這位老人也一直活著。如果老人不在了，會怎麼樣呢？

某天，她問起了這件事，老人這麼回答她。

——不用擔心。

因為自己有兩個可靠的兒子。

老人告訴她，他的兩個兒子有多麼可靠的本領，但似乎沒告訴過他們本人。

還告訴她，那兩個兒子有幾個聰明的孩子，其中最小的孫子將會成為他的繼承人。

她請求老人讓她見見那孩子。因為那個比自己大一歲的孩子，有一天會成為老人的繼承人，繼續保護自己。

老人笑了。

——請再稍待一會。那孩子就快舉辦元服禮了，之後我再找機會帶他來。

那個小孫子當然不知道他們之間有這樣的約定。

這是自己與老人之間的秘密約定。

然後，這一天突然來了。

她萬萬沒想到他會從對屋的外廊下面鑽出來，所以大吃一驚。

把垂散的頭髮綁在脖子處的少年，在跟白色、長耳朵、長尾巴的不可思議的生物說話。這個白色生物，其他人一定看不到。

她想就是這孩子。因為她聽說，老人的兒子今天會帶小孫子一起來見父親。

但是，老人沒有一起來，所以她以為今天一定見不到他。

怎麼辦？怎麼辦？

如果父親、侍女們在場，就一定要隔著竹簾，不能直接說話。

現在沒有任何人在這裡，平時總是陪在身旁的侍女也不在。
所以，自己不論做任何事，都不會被苛責。
想到這樣她就很開心，決定開口跟他說話。
——你們在做什麼？
少年和生物都愣住了。
以僵硬到幾乎嘎吱作響的動作抬頭看著她的少年，驚訝地瞪大眼睛，那表情有趣極了。
——你們在做什麼？那是什麼生物？
她聽說過少年的事，卻沒聽說過有這種白色生物跟他在一起。這到底是什麼呢？全身白色、狀似勾玉的東西像裝飾般圍繞脖子一圈、清澈透明的紅眼睛絢麗璀璨，非常漂亮。
——咦，妳看得到這東西？
——別把我說成這東西。
難道老人還沒把自己的事告訴他？
她很高興可以自己介紹自己。有多高興，其他人一定都無法理解。

——你是今天跟吉昌大人一起來的孩子？

少年點點頭。

——嗯，是的，我叫昌浩。

她知道，她早就知道了。

——你叫昌浩啊，你會成為陰陽師嗎？

她知道，這孩子會成為陰陽師，成為保護自己的陰陽師。

啊，終於見到面了，好開心、好開心。

男孩只跟自己差一歲。被稱為絕代大陰陽師的老人說，這個男孩將會成為自己的繼承人。

老人一定會很驚訝吧，沒想到自己會在今天見到他的小孫子。

不，說不定老人早算到了，因為他是這世上最強的術士。

他是保護自己的最頂尖的陰陽師。

嘿，昌浩。

你不知道吧？

我以前一直期待著與你見面呢。

終於見到面的那天，你不知道我有多開心呢。

你不知道吧？你永遠都不必知道。

你的爺爺一直在保護我，總有一天他會把這個任務交給你。

昌浩，這是……

我和你爺爺之間的秘密約定呢——。

◆　◆　◆

如果可以一直作夢該多好。

從眼角到耳朵掠過一陣寒意。

這股寒意喚醒了她。

「——……」

她緩緩抬起眼皮。

好暗。

「……」

茫然環視周遭，就看到一臉正經排排站的三隻小妖。

它們的模樣、它們的表情，讓藤花想起了現實。

痛苦、悲哀的現實。

小時候告訴少年的名字，已經不是自己的名字了。

這裡是竹三条宮，是當今皇上的女兒內親王脩子的宮殿。

自己是在這裡服侍的侍女藤花。

這裡沒有昌浩。相信可以永遠在一起的日子，已經很遙遠了。

「……」

淚水從眼角溢出來。

如果可以一直作夢該多好。

「……」

要張開嘴時，覺得喉嚨好像塞住了、卡住了、噎到了。

她掩嘴咳嗽，小妖們不安地說：

「妳還好嗎？藤花。」

看到獨角鬼快哭出來的眼神，藤花雖然喘著氣，還是拚命露出笑容。

那樣子更令人心疼，小妖們覺得內心最深處整個糾結起來，呼吸困難。

「……」

藤花勉強調整呼吸，再次環視周遭。

好暗，燈台、掛在檐下的燈籠都沒點燃。這麼暗，應該很晚了吧？

自己應該是躺在侍女房的墊褥上。

側耳傾聽，能聽見遠處有人在說話，像是壓低聲音的呢喃細語。

小妖們你一言我一語地說著話。

「藤花，要吃什麼嗎？」

「我去拿水給妳喝吧？」

「妳已經睡了一整天呢。」

藤花瞇起眼睛，很驚訝竟然過了這麼久。

「公主……殿下……呢……」

發出來的聲音嘶啞，微弱到聽不清楚。

猿鬼把耳朵湊到藤花嘴邊。

「嗯？什麼？」

藤花又重複一次。

「公主……殿下……」

小妖們的臉瞬間蒙上陰霾，藤花都看見了。

不安揪住了她的心。

「難道是……」

藤花說不下去了，龍鬼慌忙搖著頭說：

「不是的！公主沒事、沒事！」

「晴明一直陪著她，而且……」

獨角鬼說完後，小妖們彼此互看，點個頭。

「我們不清楚詳細內容，不過，風音那傢伙好像為她做了什麼。」

猿鬼說完後，龍鬼接著說：

「我們也搞不太懂，不過，烏鴉說公主殿下還活著，所以沒事。」

「嗯，沒事，有晴明和風音守著公主。」

「沒事，所以妳可以放心，藤花。」

「對吧？」

滔滔不絕說個不停的小妖們，臉上充滿不安。

「啊，」藤花顫動著眼皮，心想：「他們說的沒事，其實是想說給自己聽、想那麼相信，所以一直重複。」

有晴明在，所以沒事。風音好像做了什麼，所以沒事。所以脩子沒事、沒事、沒事、沒事。

重複再重複。希望說的話會成真。希望能把沒事的未來拉過來。

小妖們都知道有言靈，小妖說的話也存在著言靈。

所以，小妖們如祈禱般，重複說著沒事。

記憶慢慢清晰起來。

對了，是依附在晴明製作的替身裡的風音，出現在昏倒的脩子和藤花面前，保住了脩子差點消失的生命。然後，接到通報的晴明趕到了竹三条宮。

遠處的呢喃細語，應該是宮裡的人在交談。

晴明在主屋，他的聲音應該傳不到這裡。

淚水又從藤花的眼睛流下來。

「我什麼都不需要……」

「藤花……」

看到小妖們愁眉苦臉，藤花想對它們笑，但僵硬到笑不出來。

「我不需要，真的……」

頭好痛，冷得受不了。

「那麼，至少喝點水，不能連水都不喝。」

「對啊、對啊，我們扶妳起來。」

「剛剛才汲來的水，冰冰涼涼的，很好喝喔，妳看。」

在黑暗中看不清楚，但隱約可以看到猿鬼好像遞出了一個碗。

獨角鬼喃喃說道：

「這時候有車那傢伙在，就能用那傢伙的鬼火照亮藤花身邊了。」

藤花眨眨眼，腦中閃過車之輔的淡綠鬼火，還有在輪子中心笑得很親人的大鬼臉。

「鬼火不需要燈油，一定比那個燈台更亮。」

「我們是不需要，但人類需要亮光。」

「當人類真不方便。」

「真的、真的。」

看得出來它們是為了緩和氣氛，刻意用開朗的口吻聊著無關緊要的話。

藤花使勁地用手撐起上半身，雙手接過猿鬼遞給她的碗。

眼睛漸漸適應黑暗，從指尖可以感覺到碗裡滿滿的水在搖晃。

她輕輕把嘴靠到碗邊，冰冷的水碰觸到了嘴唇。水一口、兩口，慢慢流進喉嚨裡。

她發覺自己比想像中還要渴，水沁入心脾，美味極了。

「謝謝……」

猿鬼接過藤花還給它的碗，轉身說：

「我再去拿一碗給妳。」

「還需要其他東西嗎？」

「什麼都行，我們可以拿任何東西給妳。」

小妖們熱心地問個不停，藤花緩緩搖頭說：

「不用，我沒事，真的什麼也不需要。」

「這樣啊。」

小妖們沮喪地垂下肩膀。

藤花頭痛欲裂，每次呼吸，好像都有東西被推上來卡住喉嚨，喘不過氣來。

看到藤花動著肩膀呼吸，龍鬼勸她說：

「那麼，躺下來吧。」

獨角鬼和龍鬼扶著藤花躺下來。

有東西撞到背部，藤花挪開身體一看，是瑪瑙手環。

對了，她想到是睡前把一直收藏著的手環拿出來，握在手裡，應該是睡著時掉出來了。

因為怕弄丟，她好幾年都沒戴了。

那是很久以前，他說瑪瑙可以除魔，所以送給她的珍貴禮物。在放棄未來的時候，她把這個手環跟心一起藏進了櫃子深處。
忽然，脩子昏倒前說的話在耳邊響起。
——那塊布料……哪天一定要做成衣服。
「……！」
淚水忍不住掉下來。
小妖們莫可奈何地看著掩面哭得抽抽噎噎的藤花。
「藤花……」
叫她一聲後，小妖們就不知道該說什麼了。
能說什麼呢？不論重複幾次沒事，在令人心酸的現實面前，那種場面話都只會空虛地飄過去。
吐血的脩子，在她面前倒下去，她卻什麼也不能做。
小妖們無法揣測她的心情。想陪伴她做不到，想鼓勵她也已經超越那樣的層次了。
說不是她的錯，也一定無法安慰現在的她。小妖們想也知道，即便那是事實、即便她真的沒有任何責任，說那種話也沒有什麼意義。

藤花對只能哭泣的自己感到悲哀、懊惱、生氣、遺憾，甚至動不動就厭惡無力的自己。

總覺得有什麼東西，在體內深處激烈搖晃、撲通撲通脈動著。

有個淡淡黑影正緩緩冒出頭。她甚至想，如果這個慢慢侵蝕身體的東西，能帶給她力量，她也願意在這個時候攀住它。

「……嗚……嗚……！」

神啊，求求禰，求求禰救救公主殿下。我什麼都不要，有公主殿下的心意，我就滿足了。

求求禰，救救公主殿下。

「……嗚……嗚……！」

她哭泣、哭泣、哭泣，哭到筋疲力盡。

「……嗚……──」

不覺中，藤花徘徊在夢與現實的狹縫間。

斂聲屏氣的小妖們，確定藤花如昏迷般陷入睡眠中，才大大鬆了一口氣。

小妖們從她剛出生就認識她了。

從她捨棄的名字還是獨一無二時就認識她了。
眼睛與生俱來就看得見它們的少女，從來不曾厭惡它們，很自然地接納了它們，是個善良的女孩。
是從什麼時候開始，想陪著她、想幫助她呢？
身為妖怪的自己，一定也能幫上這孩子。既然這孩子接受了自己，就該把自己的力量用在這孩子身上。
它們一直這麼想。然而，現實呢？
現實是它們連這孩子哭泣的淚水都止不住。
妖怪做不到。只有一個人能止住這孩子的淚水。
「需要陰陽師……」
獨角鬼喃喃低語。
「還是需要陰陽師。」
猿鬼和龍鬼都嗯嗯點著頭，淚眼汪汪。
而且，它們都知道。
她需要的不是被稱為大陰陽師的絕世老人。

而是現在不在京城的瑪瑙手環的贈送者。

「快點回來嘛……」

要不然，她會一直哭、一直哭，哭累了就睡著。醒來，又繼續哭。

盈眶的淚水從她闔上的眼皮間隙流下來。

用手巾幫她擦拭的猿鬼，也用力擦拭著自己的眼角。

「至少睡著時，把所有事都忘了吧，藤花。」

脩子的事、藤花的名字、身在竹三条宮的事等等，都當作沒發生過，作幸福的夢就好。

小妖們把褂衣拉到藤花肩上後，走出侍女房。

龍鬼和獨角鬼留在外廊，猿鬼去探視主屋的脩子。

仰望天空的龍鬼，打了個哆嗦。

才陰曆五月半，卻覺得非常冷。

「這麼冷，對臥病在床的人不好吧？」

命婦等竹三条宮的家僕們，身體不好，一直躺在床上。可以下床的人，不是咳嗽就是腳步蹣跚，恐怕很快也會倒下。

「才陰曆五月，怎麼會這麼冷呢？」

獨角鬼隨口嘟囔，龍鬼偏頭思索。

「可能是因為沒有太陽吧……？」

它記得以前長時間下雨時也特別冷。

等雲開見日，冰冷的空氣就會暖和起來。夏天的太陽強烈，很快就會熱起來，心情一定也能跟著放鬆。

「覺得冷，心就會凍成一小團。所以，這種時候要盡量保暖。」

「以前晴明說過吧。」

「對、對。」

那是很久以前的事了。當時，晴明還年輕，妻子剛去世沒多久。

燈台沒點亮，用來取暖的火盆裡的炭火搖曳舞動。無意間，小妖們聽見晴明宛如唱歌般的低喃。

——黑夜連續不斷，所有災難將一併發生……

因為若菜會害怕，所以小妖們很久沒進宅院了。

它們一直在策劃，想盡辦法進來，好不容易進來了，宅院裡卻瀰漫著非常悲傷的氛圍，害它們沒有心情搗蛋。

看到小妖們擅自闖入，晴明卻沒有生氣。它們刻意圍繞著火盆，讓晴明不能靠近，晴明卻只是看著它們那麼做，什麼話都沒說。

那樣子讓它們感到特別淒涼。

那時候的晴明，就像待在黑暗中，全身纏繞著比黑暗更暗的昏暗。

他失去如陽光般燦爛、善良、能溫暖他的心的最愛的女人。

彷彿世上災難蜂擁而至的無法形容的風暴席捲內心，讓他束手無策，不知該如何才好。

所以，他才會說出那樣的話吧？小妖們覺得很難過。

現在又想起已經忘記很久的那件事。

獨角鬼落寞地喃喃說道：

「好討厭黑暗……」

儘管黑夜是小妖們活躍的時刻。

「也好討厭冷。」

因為不想讓喜歡的人類的心凍得縮起來。

兩隻小妖仰望著烏黑的陰鬱天空。
怎麼樣才能放晴呢？
它們百思不得其解。
活過漫長、漫長歲月的小妖們，還是有很多不知道的事。
短暫人生轉眼即逝的人類，就更不用說了。

◆　◆　◆

自從懂事以來，她就被教育成將來要嫁入宮中的千金小姐。
事情卻有了變化。
「妳生病了，所以在朝議決定，由其他千金嫁入宮中，知道嗎？」
突然聽到這句話，她大吃一驚。
她明明沒生病，為什麼事情會變成這樣呢？
父親露出複雜的表情，笑著說：
「妳也希望是這樣吧？」

「咦？」她屏住呼吸。

「真是的……聽著，去貴船時，要帶護衛的隨從一起去。雖然那裡是神域，但我還是不放心。」

她不由得問為什麼這麼說，父親聳聳肩說：

「他一臉堅決，直接來找我，說他非常明白身分地位的差異。還真看不出來他會那麼做，不知道是有骨氣還是不知死活。」

父親原本罵他不自量力，要斷然拒絕他，但是，母親死纏爛打，要求他把那邊的女兒嫁入宮中。

這時候她才知道自己有個同年齡的姊妹。

還以為隱瞞得天衣無縫的父親，忐忑地問母親為什麼知道這件事，母親咯咯笑著沒有回答。

原本擔心那邊的女兒不願意，沒想到她說能幫上父親的忙就好，很快就答應了。然後，父親就趁這個機會，把她們母女接來土御門府了。

父親合抱雙臂，蹙起眉頭，對張口結舌的她說：

「但是，我可不會讓他輕易達成心願喔。沒有相稱的身分地位，要娶攝關家的千金，不可能、絕不可能。」

首先，要成為某位參議或大臣的養子，還要徹底培養有資格當未來女婿的學識、本領、品格，否則不可能、絕不可能。

然後，父親苦笑著說：

「比他有錢、比他的外表更好、比他更有能力的貴公子多不勝數，要多少有多少。現在還來得及，妳要不要考慮考慮他們？」

儘管知道那些東西沒有意義，卻還是要說，這就是父母心。

◆　◆　◆

「……」

淚水從睡著的藤花的眼睛流下來。

這是夢，是她如此期盼的埋藏在內心深處的不可能的夢。

是她偶爾會想像的「如果是那樣現在就是怎樣」的非現實幻覺。

就繼續作夢吧。

永遠。
就沉溺在幻覺中吧。
永遠。
這樣就能忘記痛苦的事。
——就繼續作夢吧。
夢見不會到來的未來。
夢見不曾有過的過去。
——就一直作夢吧。
夢到比夢更像夢的幻覺。
——對，永遠……

以前曾聽過的歌聲，與那個美麗的呢喃重疊了。

「……——」

響起遠雷。

在遙遠彼方的天空一隅，紅色閃電奔馳而過。

3

◆
◆
◆

竄起的火焰直衝天際。

那個火焰沒有把生人勿近森林燒光，是因為十二神將在天空布設了結界。

為了不讓一般京城的人看見熾烈的火焰，結界高高地延伸到了穿越雲層的地方。

被困在結界內的十二神將騰蛇，全身纏繞著狂亂的灰白火焰。

那是突然降臨的貴船祭神高龗神，揮出來的軻遇突智的火焰。

那是曾經奪走騰蛇的性命，連他的魂一起燒燬的弒神火焰。

用來彌補騰蛇完全枯竭的神氣還綽綽有餘的神治時代火焰，力大無窮，那樣燒下去恐怕會失控，把附近都燒得精光。

太過激烈、可怕的神威，會一發不可收拾。不論多厲害的神，都會被這個燒死母親之神的火焰逼入絕境。

伊邪那岐的大神沒有把這個火焰留在高天原，而是委託給降臨貴船山的水神高龗神，也是可以理解的事。

「是可以理解，但是……」

天空用沉重的口吻喃喃自語。

「若延燒到人界，會燒光天下蒼生，這樣到底好不好呢？」

閉著眼睛的天空環視周遭。

被擊落在騰蛇身上的神威餘波驚醒的十二神將勾陣，躺在天空坐著的岩石旁邊。

即使被結界包住，軻遇突智的神威還是傳到了勾陣身上。

現在是快要天亮的時刻，神將們的眼睛看得到軻遇突智的火焰，所以亮得跟白天一樣，其實，被厚厚的雲層遮蓋的天空還是暗的。

勾陣輕輕張握被隔著結界的熱氣溫熱的指尖，慢慢爬起來。

「站得起來嗎？勾陣。」

勾陣邊擺出確認身體狀況的動作，邊回答老將的詢問。

「再稍微復原就行了。」

天空默然點頭。

軻遇突智的火焰燒得更高更旺了。騰蛇的神氣從內側鼓脹起來，試圖壓住軻遇突智的火焰。灰白火焰把那股神氣推回去，企圖吞噬騰蛇，濺起火星。

騰蛇抖掉火星，黯淡的金色雙眸燃起怒火，逐漸泛出紅色。

感覺騰蛇的神氣加劇，天空發出感嘆的低喃。

「連這樣的神氣都敵不過啊……」

即便如此，騰蛇的神氣還是與隨時可能會撲上來吞噬自己的強烈火焰正面對決，但也幸虧是這樣，天空的結界才沒有被破壞。

若是沒有騰蛇的抵抗，結界早就被徹底摧毀了。

鬥氣往上噴射，跳出無數條白火焰龍。軻遇突智的火焰震顫起來，企圖鎮壓白火焰龍張大嘴巴，咬住灰白火焰。

展開了一進一退的攻防。

熱氣拍擊天空的臉頰。被煽起來的風，撼動了整座生人勿近的森林。

高龗神到底在想什麼，為什麼會降臨，賜給騰蛇這個火焰？

「可以說是賜給嗎？」

天空自己對自己的思考提出質疑。

勉強爬起來的勾陣，看著在結界內苦戰的最強十二神將。

噴上來的火焰漩渦，熾熱到幾乎灼燒勾陣的眼睛。但是，勾陣的眼睛眨也不眨地注視著同胞。

快、快點鎮壓那個火焰，快點出來。

我必須告訴你，那個男人說的話。他對我們主人說的話，像把鈍刀、像支沉重的樁子，也像是詛咒。

我必須告訴你——。

「——……」

忽然，勾陣張大了眼睛。

告訴？誰來告訴？

我來告訴嗎？告訴騰蛇。

我來告訴你嗎？

『——兩年。』

勾陣內心深處劇烈脈動。

『你的繼承人的壽命只剩兩年——』

◇ ◇ ◇

安倍晴明看到冥府官吏緩緩豎起右手的食指與中指，疑惑地想那是什麼咒語呢？

豎起的手指有兩根。

「是兩年——」

晴明眨眨眼，回想他在說什麼。

「你的繼承人……、……、……」

突然無法呼吸。

晴明拚命眨著眼睛。

不知道為什麼，耳朵好像有點聽不清楚。

出奇乾澀的嘴唇顫動起來，心跳猛然加速的胸口緊縮，讓他覺得困惑。

這是怎麼回事？自己是怎麼了？

晴明對鮮少如此不安的自己感到驚慌失措。

「呃、那個……冥官大人。」

發出來的聲音小得驚人，晴明更困惑了。

他沒發現是因為太緊張，喉嚨萎縮，所以聲音出不來。

對了，一定是身體太虛弱了。因為一直躺著，所以聲音不能控制自如。

他如此說服自己。

有話要說的晴明，猛然跨出去的腳相互交纏，把他嚇了一跳。反射性抓住高欄的手，如凍僵般不聽使喚。

高欄冰冷不堪。

不，不對。

晴明頻頻眨著眼睛思考。

冰冷的不是高欄，而是自己的手。指尖在微微顫抖。

不對，是全身都在顫抖。

心跳聲好吵。心臟撲通撲通跳得好大聲，身體卻冰冷得可怕。

無意識滑動的視線，看到掉在外廊上的衣服。是剛才搖搖欲墜時，披在肩上的衣服滑落了。

難怪覺得冷。把衣服披上，就會暖和起來。

「為什麼驚訝——」

低沉平穩的聲音，如落雷般痛擊晴明。

老人的肩膀劇烈抖動。他努力試著移動僵硬的脖子，緩緩轉頭望向冥府官吏。

冥官豎起了兩根指頭。

兩年。那是什麼意思？

這個男人說了什麼？

沒聽清楚。不對。

晴明聽見了，清楚聽見了。他的耳朵聽見冥官說的話了。

但是，他的頭腦、他的心不願意聽，拒絕理解。

「……！」

遲來的衝擊讓他頭暈目眩，把傲然佇立的冥官看成兩個重疊的身影。

抓著高欄勉強撐住身體的晴明，把所有力量注入雙腳。

氣息變得急促，鎮不住淺而快的呼吸。

晴明好不容易才張開完全乾掉的嘴唇。

「冥官大人……」

冥官把手放下來，盯著晴明，眼神平靜得可怕。

心臟撲通撲通狂跳。

「您……剛才說什麼……」

對於晴明的質問，男人回以無言。

「篁大人……！」

小野篁。

這個男人曾經是個活著的人。

死後放棄投胎轉世而變成鬼的男人，眉毛動也不動地重複剛才說的話。

「兩年。」

風拍打著晴明的臉頰。以陰曆五月的夜晚來說，這個風未免太冷，冷到彷彿連內心深處都要凍結了。

男人身上的黑僧衣隨風飄揚。

「你的繼承人的壽命只剩兩年。」

「……」

那個聲音既不激烈也不冷酷。

只是淡淡陳述著事實，既定的事實、無法顛覆的事實。

晴明面無表情，回看著冥官端正的臉龐。

他明明問了為什麼，卻沒有發出聲音。

但是，冥官從老人的唇型察覺他的語意，嘲諷似地淡淡一笑。

「你問我為什麼？我還想問你怎麼會想為什麼呢。」

傲然合抱雙臂的冥府官吏，淡然地說：

「那小子是怎麼樣活到現在的，你比誰都清楚吧？」

怎麼樣活到現在？

晴明的思考凍結，無法理解冥官的意思。

「你仔細想想，他至今有多少次賭上性命、有多少次大量出血。」

晴明的雙眸應聲凍結。

說得沒錯，的確是那樣。但是……

「他把體力、氣力、靈力都用罄再用罄，遠遠超過了極限。」

平靜的聲音重重穿刺晴明的胸膛。

心臟撲通撲通狂跳。

「每次生命的燭火快熄滅時，為了回到這個現世，他都犧牲了什麼？」

心臟跳動著，劇烈地、用力地、冰冷地跳動著。

發出撲通撲通的沉重聲響。

那是維持生命的聲音。

冥官問的是，每次那個聲音快停止時，他都是用什麼去交換？

晴明的嘴唇哆嗦顫抖，無法呼吸。

「你真的不知道嗎——」

冥官的話扎刺著晴明的胸膛、刨挖著晴明的心。

「每次魂線快斷掉時，他就縮減自己的壽命活下來——你都知道吧？」

意想不到的話灌入耳裡，晴明反射性地想大聲叫喊。

不是的，你為什麼那麼說？

——但是。

「——……！」

不知道為什麼聲音完全出不來。

如果叫喊、怒吼、謾罵能改變什麼，要他怎麼做都行。

但是——不會改變。即使那麼做，也不會改變。

這個男人為什麼來這裡？明知會被怨恨，偏要來做這種無情的宣告，理由是什麼？

絕不是為了來折磨人。

晴明知道。以前，他也曾像這樣，被迫面對絕望。

當時，這個男人也如幽靈般出現了。

毫無預警地告知妻子僅剩的時間、壽命結束的時刻，說完便留下呆若木雞的晴明離去了。

每次都是這樣。

宛如用鈍刀惡作劇地切割心臟，留下劇烈的疼痛後離去。

但是，過了那個瞬間，隨著時間流逝，那裡不會留下傷口，只會偶爾掠過疼痛。某天，疼痛就會變成帶著一點感傷的眷戀。

這個男人總是帶來絕望與——覺悟。

那小子是怎麼活到現在的？

接二連三的畫面在晴明腦海裡沉沉浮浮。

他曾賭命大戰異邦妖魔、曾滿身瘡痍地解放被封鎖的神、曾帶著致命傷鎮住失控狂亂的神將。

曾傷及肺腑死裡逃生，再用自己本身換回已經失去的生命。

曾被存在體內的天狐之火灼傷靈魂。

曾被野獸咬碎大腿，再被污穢的雨沖落波濤洶湧的河川。

還有、還有、還有。

每次自己都會想他竟然能活下來，然後鬆一口氣。
如果依據常理思考，就會知道背後發生了什麼事。
自己卻不去正視所有與那些相關的事。
「……唔……！」
老人忍不住雙手掩面，全身微微顫抖，發出低吟聲。
「生命的……哲理……！」
要挽回快失去的東西，就必須交出替代的東西。
如同要挽救注定死亡的生命，就必須交出替代的生命。
他從那個河川岸邊回來的時候，失去了靈視能力。那是僅次於生命的寶貴東西。
為了換取失去的生命，他失去了未來。
每次負傷時、每次流血時，就一點一點地失去。
他是靠削減原本會到來的未來，延續就快消逝的生命。
「……！」
冥官的話鑽入癱軟的晴明的耳裡。

「剩下的時間是兩年，絕不算長。」

肩膀顫動得更厲害的晴明，緩緩抬起頭，看到男人的眼神透著近似慈愛的光芒。

「這是溫情——」

修長的鬼轉身消失在黑暗中。

「……」

晴明漠然望著冥官消失後的黑暗，喃喃自語：

「溫……情……」

忽然，妻子以前說過的話浮現耳際。

——你覺得他冷酷無情嗎？

「……」

老人的眼皮顫動起來。

——不、不，那是他對我們的憐憫。要不然，完全斷送性命的那孩子不可能再活過來……

「……」

晴明眨也眨不了的眼眸波動搖曳。

「兩年……」

如男人所說，絕不算長。到時候，該如何面對呢？

對，這是溫情。

知道所有人壽命的冥府官吏，原本不該說出來。

因為當事人如果知道死亡簿裡記載的日期，很可能會扭曲生存方式。

陰陽師可以靠占卜知道人的命數，但是不會告訴當事人，如同冥官不會把壽命說出來。

然而，冥官卻違禁了。

這是第二次。

把自己的責任看得比什麼都重要的那個男人，違禁說出了秘密。

他會這麼做，是看在晴明至今表現的分上。

所以，這真的是冥府官吏的溫情。

「——……」

——但是。

即使能理解，也無法接受。
連晴明都不禁要想，如果這是夢該多好。
那是把黑暗再抹上黑暗的深深絕望。

◇ ◇ ◇

十二神將勾陣聽見來訪的冥官與主人之間的殘酷對話。
當時，她並沒有看著晴明。
但是，她清楚知道主人受到多大的打擊。
她想叫喊。
不要聽、不要聽，晴明。
我們無法承受。
那樣的絕望，不只是你，連我們的心都會被淹沒。
若能不知道，寧可不要知道。
然而，勾陣聽見了、知道了。

既然知道了，就不能回到不知道的時候。

她會反射性地想著必須告訴騰蛇，那是因為她太清楚騰蛇有多愛護昌浩。是的，十二神將騰蛇從昌浩還是嬰兒時，就守護著他長大。

在昌浩出生當天，勾陣碰巧遇見被晴明召喚、正要去人界的騰蛇。他臭著臉，全身散發出不得不去的不情願到極點的氛圍，那模樣強烈吸引了勾陣的目光。

勾陣不想看也看到了。因為醞釀出來的感情波濤太過洶湧，所以勾陣不禁往那裡看，想確認到底是怎麼回事。

竟然叫百般不情願的最強神將，去見剛出生的嬰兒，主人這麼做也太瘋狂了。騰蛇已經夠討厭小孩子了，幹嘛還去刺激他呢？

看到勾陣無奈聳肩的樣子，騰蛇狠狠瞪她一眼，眼神充滿殺氣。但勾陣毫不在意，視而不見。

對勾陣來說，十二神將騰蛇只是唯一勝過自己的鬥將、是最強的鬥將，除此之外什麼也不是。

對了，很久以前曾經想過一次。

他到底是個怎麼樣的男人？

當時突然想到對他毫無所知。

勾陣想到這件事，是在騰蛇再回到異界的時候。

她心想，騰蛇應該是平時那張拘謹的臭臉，不經意地瞥他一眼，卻詫異地微微張大了眼睛。

騰蛇的臉還是一樣臭，但沒想像中那麼臭。

那個難以形容的罕見表情，說是臭，還不如說是困惑、煩惱。

因為實在太罕見，所以引起她的興趣。他究竟在人界發生了什麼事？

勾陣叫住他，他不耐煩地皺起眉頭，但還是轉向了她。

被問到晴明的孫子如何時，騰蛇瞬間露出難以回答的表情。

猶豫好一會後，他說了一句話。

——那個不一樣。

哪裡不一樣？跟誰不一樣？這些詳細內容，他都沒說。但是，勾陣卻大約聽出了他的心思。

應該是說跟其他孫子不同吧？所以，騰蛇的表情也跟以前不一樣了。

從此之後，騰蛇開始頻繁出入人界。

在那起災難發生之前，除非發生什麼大事，否則騰蛇都是待在異界深處，一個人過著日子，沒有人會靠近他。這樣的男人卻有了重大的改變。

他說是主人叫他過去。

還真敢說呢。以前主人叫他去，他也不會去。

讓騰蛇變成這樣的嬰兒，引發勾陣的興趣。

騰蛇被主人叫去，勾陣就跟著去。

即使騰蛇用「妳幹嘛」的懷疑眼神看著她，她也毫不在乎。

勾陣是十二神將中的第二強鬥將。最強的騰蛇，是她在這世上僅有的十一名同袍之一。

既然這樣，就沒有任何理由害怕是自己同袍的騰蛇。

騰蛇瞪視勾陣的眼神雖然可怕，但是，並沒有拒絕勾陣的意思。

起初，她會隔一段時間，再裝出無意中來到人界的樣子。沒多久，連那種小伎倆也不耍了，每次晴明召喚，她就理所當然地跟著去了。

騰蛇剛開始會露出詫異、嫌煩的表情，後來不知道是漸漸不在意了，還是死心了，不再做出任何反應。

就是在那時候。

原本只是躺著的嬰兒，會開始用手腳爬行了、會站了、東倒西歪地走路了、會發出不成話語的聲音了、會笑了。

晴明堅持說，這孩子說的第一句話是爺爺。

騰蛇和勾陣都說：「既然你那麼說就是那樣吧。」半敷衍地同意了。

那個在他們守護下成長的孩子，搖搖晃晃地走向了騰蛇。

孩子開心笑著，把手伸出來。回應他的騰蛇，向他伸出了雙手。

——蓮。

勾陣還清楚記得，孩子口齒不清地叫喚那個名字的頃刻。

她清楚記得，倒抽一口氣的騰蛇，是用什麼樣的眼神看著孩子。

她清楚記得，出乎意料的主人瞠目結舌，但很快開懷大笑的模樣。

她清楚記得，看到騰蛇那個表情時，自己受到多大的衝擊。

她心想，原來他也會有這種表情。

勾陣只看過騰蛇可怕的臉、冰冷的眼眸、熾烈的眼神和鬥氣。

沒想到他還隱藏著這麼一張臉。

但是，她很快就察覺，不對，並不是那樣。

那張臉原本就在那裡，只是她和其他同袍們都沒看見。

因為神將們都視而不見。

指揮他們、帶領他們的主人，看到了騰蛇的內在。

然後，孩子把他隱藏的部分激發出來了。

這件事只有昌浩辦得到。

所以，對騰蛇而言，那孩子是唯一的、特別的存在。

說不定重要性還超越了主人晴明。

勾陣都看到了。

只有勾陣從頭到尾看到昌浩如何改變了騰蛇的本質。

在結界中，捲起漩渦的火焰高高往上噴。

勾陣猜也猜得到，試著鎮壓狂亂的軻遇突智火焰的紅蓮在想什麼。

那就是想盡快控制火焰，趕到昌浩身邊。

紅蓮滿腦子想的，恐怕只有這件事。

「……」

勾陣的嘴唇震顫起來。

要由我來告訴你嗎？要由我來告訴你那個殘酷的事實嗎？

冥官的那個宣告，只有晴明知道，沒有其他人聽見。

勾陣握緊拳頭。

強烈的憤怒猛然湧上心頭。

為什麼冥官現在不在這裡？為什麼自己的手沒有掐住冥官？

那傢伙不來，晴明就不會絕望。那傢伙不來，勾陣就不會湧現這種心情。

其實她都知道，不是那樣、不是那麼回事。

她明明知道。

她不由得把視線從騰蛇撇開，雙手掩面。

「嗚……」

她不想扛起如此沉重的負擔。

晴明獨自扛著這個沉重的負擔。對不久前還徘徊在生死邊緣，尚未完全復原的老人來說，未免太殘忍了。

再怎麼恨、怎麼怨都不夠，是前所未有的嚴重程度。

被雙手遮住的勾陣的雙眸，閃爍著金色光芒。

「冥官……！」

她用誰也聽不見的聲音，重重地、低沉地咒罵。

在這個瞬間，對十二神將勾陣而言，冥府官吏成了不共戴天的仇人。

天空察覺掩面的勾陣散發出來的殺氣，詫異地問：

「怎麼了？勾陣，怎麼會那麼……」

火焰的熱氣和升騰的鬥氣捲起漩渦，猛烈席捲了生人勿近的森林。逃過枯萎劫難的樹木都在顫抖，所有生物也都屏息逃之夭夭。

勾陣無精打采地搖著頭說：

「沒事……」

「可是……」

天空想說妳那樣子不像沒事。

但是，勾陣抬起頭又重複說了一次。

「沒事。」

即便對方是天空，她也說不出口。

「沒事，真的……沒事……」

抬起眼皮的天空，直盯著用充滿苦澀的聲音重複那句話的同袍。

勾陣應該也有感應到那股視線，卻仍低著頭，不打算抬起來。

她咬住了嘴唇。

「——」

突然冒出如果是夢該多好的想法。

十二神將睡著時不會作夢。

但她真的真的這麼想。

如果是夢該多好。

醒來時，回到祥和的日常，笑著對某人說作了可怕又悲傷的夢，事情就結束了。

如果能這樣該多好。

打從出生以來歷經漫長歲月，這是頭一次如此期盼一切都是夢。

◇　◇　◇

4

◆◆◆

他數數寫完的文件張數，在桌上把紙張邊緣咚咚敲齊。

接下來要把這份文件交給博士做確認，沒問題就分送到各部署。

然後今天的工作就全部結束了。

鐘聲還沒響，離退出的時間還有半個時辰。

「嗯，沒問題。」

他向大致看過文件的陰陽博士行個禮，走向各個部署。

與熟識的寮官擦身而過時，都會彼此輕聲打招呼。

進陰陽寮到現在一年多了。

他自認在工作上很認真、很勤奮，但是，也經常會想，有沒有把工作做到完美就很難說了。

除了陰陽部之外，在曆部、天文部也交到了朋友，越來越常跟他們談天說笑，仔細向他們請教重要的工作。

不懂的地方也越來越多了。

天文生的二哥以前跟他說過，知道自己不懂是很重要的事。所以，有不懂的地方不是壞事，不可以假裝懂。

他也覺得真的是這樣。不過，身為曆博士的大哥，說法又有點不同。

大哥說，有不懂的地方，要自己徹底查資料、思考再思考，這樣還是不懂就是自己的才能不足，所以，有不懂的地方時，正是了解自己的好機會。

兩個人說的，應該是同樣的事，卻能說得這麼不一樣，聽起來很有趣。

題外話，昌浩憧憬大哥的魄力，但平時也常想著學習二哥的寬容。

把文件都分送完再回到陰陽部時，剛好響起工作結束的鐘聲。

昌浩喘口氣，心想今天也盡力完成了工作。

這時候，首席陰陽生藤原敏次經過。

「啊，昌浩大人，你回來得正好。」

「有事嗎？」

昌浩停下收拾東西準備回家的手。敏次很不好意思地說，想找他幫忙去書庫找東西。

他說找遍所有地方，都找不到明天一定要用的資料。在準備好資料之前，所有陰陽生都不能回家。收藏資料的書庫有好幾間，沒人記得是收在哪一間。

陰陽寮保有數量龐大的資料，有書籍、卷軸、字條、竹簡、木簡等，不但數量多，體積也大。

為了避免那些東西被損毀、破壞，必須小心謹慎地找出所需的資料，所以無論如何都需要人手。

「知道了，我要找哪一間？」

敏次把爽快答應的昌浩帶去其中一間書庫，道歉說：

「麻煩工作已經結束的昌浩大人，真的很抱歉。」

「不會，人手越多越好，而且工作結束了，更能毫無顧慮地幫忙，這樣很好。」

這是昌浩真正的心聲。即使自己的工作結束了，他也沒辦法拋下陰陽生們自己回家，因為他沒那麼厚臉皮。

敏次苦笑起來。

「謝謝你這麼說，但是，很對不起你的夫人。」

「咦！」

張口結舌的昌浩頓時漲紅了臉。

敏次忍不住笑出來。

「你不是很開心地說，把意中人接回家了嗎？」

「咦、啊、呃，是、是的，可是……」

語無倫次的昌浩滿臉通紅。

敏次逗他似地瞇起眼睛。

「我聽行成大人說，左大臣向他大發牢騷呢。」

「咦！發、發什麼牢騷……?!」

敏次興致勃勃地看著昌浩漲紅的臉瞬間轉白的模樣。

「他說他叫你去當參議的養子，取得門當戶對的身分，可是再怎麼勸你、哄你、威脅你，你都堅持維持現狀就好。」

昌浩望向遠處。

「啊……」

他還以為這個攻防已經落幕，沒想到在自己不知情的狀態下發展成這樣。

「行成大人請他不要向其他人提起這件事，他說他只跟行成大人說。」

然後，行成只告訴了敏次。

「我不是沒想過他告訴我這樣子好嗎？但是，後來我判斷，他是要我把這件事不經意地轉達給你。」

「呃，恕我直言……這樣完全不像是不經意呢。」

昌浩的臉一派正經，敏次也回以同樣的表情。

「這畢竟不是可以不經意轉達的事。」

「說得也是。」

兩人彼此嗯嗯點著頭。

昌浩嘆口氣說：

「大臣大人已經為我設想太多了，所以，我不能再……」

這件事原本就像是奪走了他最珍貴的寶物，所以，被他斥責可能還會覺得好過一點。

不，其實他都明白。

像自己這種下級再下級、下級到很可笑的下級貴族，偏偏妄想娶藤原氏首領的第一千金，根本是顛覆天地也不可能做到的事。

但是，有祖父、父親、擔任他加冠人的藤原行成等人的協助，昌浩實現了願望。

當然也求神保佑了。他許願若是願望能實現，他願意做任何事。

今後，無論貴船祭神提出多麼不合理的要求，昌浩都會坦然面對。受到那樣的庇佑，當然要那麼做。

畢竟那個女孩已經在安倍家了。

她再也不必顧慮任何人，可以一直待在那裡了。她會永遠等著自己回家、送自己出門、呼喚自己的名字。她會待在伸手可及的地方，笑得如花般燦爛。

這原本是過分的願望，根本不可能實現。

彷彿一場夢。

「只能在工作上表現給左大臣大人看，讓他覺得選昌浩大人是對的。」

敏次這麼說，昌浩用力地點頭回應：

「是！」

他會努力一輩子。不知道可以做到什麼程度，但一定會給她幸福。

然後，等夏天來臨，就帶她去看螢火蟲。

昌浩想兩個人去，但是，沒有獲准。左大臣嘆著氣說他擔心萬一出什麼事就不好了，擔心到晚上都睡不著覺，所以還是決定從家裡派身強力壯的隨從跟他們一起去。

他已經開始想，要如何請那個隨從待在離他們稍遠的地方。

「對了，敏次大人，我要找的是什麼呢？」

「是卷軸，博士說裡面記載著幾個封鎖妖異的法術。」

「卷軸啊。」

昌浩點點頭。那種東西如果摻雜在什麼地方，可能很難找得出來。書庫和各部屬的架子上，都收藏著數不清的卷軸，如果放錯收納地方就很難找了。昌浩第一次受命整理書庫內的書時，也曾弄亂卷軸的卷數，費盡氣力才恢復原狀。

「結界也有很多種，例如在一定場所布設的東西、像桔梗或竹籠眼那種小型籠子狀的東西、小瓶子等器物、用來當成牢籠的東西……」

可能是前幾天才在課堂上學過，敏次邊回想邊扳著手指數數。

「聽說竹籠眼可以封鎖妖怪，也能封鎖神。不過，要有相當的技術才做得到吧。」

做得到就是絕世大陰陽師了。

「據說可以先封鎖法術，讓法術在竹籠眼解除的瞬間啟動。但是，這樣的應用方式也很困難，非常費工夫。不過，法術的基礎就是原理和法則，只要正確理解就能操縱……」

敏次越說越興奮，昌浩聽得眼睛發亮。必須成為陰陽生，才能聽陰陽博士講課。而且，敏次都會把知識說得井井有條，聽起來十分有趣。

安倍家也有堆積如山的專門書籍，但兩者各有千秋。

快到書庫的木門時，敏次突然提起：

「對了，行成大人說……」

「說什麼？」

「他說也想當你頭一個孩子的加冠人。」

「這……」

昌浩頓時全身僵直，敏次又發動下一波攻擊。

「如果生個千金，將來就要找個貴公子……昌浩大人，你還好嗎？」

「——……」

不由得跪下來雙手著地的昌浩，兩隻耳朵紅得快燒起來了。敏次低頭看著這樣的他，開懷地笑了。

◆ ◆ ◆

「——唔！」

猛然抬起眼皮的昌浩，轉動充滿血絲的眼睛。

陪在他身旁的十二神將太陰，繃著臉把身體往後拖行。

「你、你怎麼了？昌浩……」

昌浩緩緩爬起來，像吐血般呻吟。

「惡夢……！」

「蛤？」

昌浩沒有回應吃驚的太陰，逕自抱著頭深深嘆了一口氣。

「簡直是惡夢……！」

那種只會讓人覺得荒誕無稽的太過美好的夢，不是惡夢是什麼？

最糟的是，為什麼偏偏在這種狀態下作那種夢呢？毫不留情地刺痛了內心最深處期待那些都是現實的最脆弱的部分。

抱頭苦思好一會的昌浩，再次深呼吸後抬起頭。

燈台的火焰在房間角落裊裊搖曳。

「太陰。」

昌浩躺在墊褥上，太陰就待在他的枕邊。她抱著膝蓋坐在那裡，應該是默默守候著昌浩醒過來。

「現在是什麼時刻？」

原本是想趁傍晚小睡一下，醒來時周遭卻完全籠罩在黑暗中了。

「應該離天亮還有些時間吧。」

昌浩拉長了臉，因為時間超過了預計。

他站起來走到外廊，抬頭仰望天空。

雲層太厚，看不見星星和月亮。沒有下雨，但隱約可以聽見遠雷。

太陰走出來，站在昌浩身旁。

「你昏睡時，夕霧來過一次。他說等你醒來，請你去找他。」

「哇，早說嘛，我去了。」

昌浩說完轉身就要離去，太陰慌忙抓住他的袖子。

「等等，夕霧現在一定在睡覺。」

回頭看著太陰的昌浩，低沉地說：

「現在一刻都不能浪費。」

而且，他不認為夕霧在這種狀態下能睡得著。

「你知不知道你現在是什麼氣色？」

太陰發出嚴厲的聲音。

「求求你，稍微休息一下。」

昌浩緘默不語。不用太陰說，他也知道自己的狀況不太好，因為手腳冰冷、身體使不上力，好像還有點暈眩。

身材嬌小的神將抓著昌浩的袖子接著說：

「起碼睡到天亮。」

「知道了……」

昌浩不情願地回應。

遠雷掠過耳朵。

躺在墊褥上閉上眼睛，之前發生的事就一件件浮現腦海。

傍晚，氣力和靈力都被接踵而來的事態消耗殆盡的昌浩，把螢等人帶回宅院後，就受到睡魔的猛烈攻擊。

這裡是神祓眾們的菅生鄉的首領宅院，有強韌的結界守護。昌浩推測，應該是因為這樣的安心感，讓緊繃的神經完全放鬆了。

是他把在生死邊緣徘徊的螢抱回了宅院。

他還記得，夕霧看到身受重傷的螢大驚失色。為了救冰知而一直在旁邊守候的姥姥，聽到吵鬧聲走過來，也驚訝得瞪大了眼睛。

被他們兩人逼問怎麼回事的昌浩，只能回答趕到時就已經那樣了。只好等哭到疲憊、精神恍惚的時遠冷靜下來再問他。還有，詢問剛好在現場的比古和多由良看到多少、看到了什麼？

昌浩抬起眼皮，環視周遭。

為了讓空氣流通，通往外廊的木門是開著的。

昌浩仰望天空，喃喃低語。這麼厚的雲，不會下一場雨就消散，但起碼會稍微變薄。遺憾的是，完全沒有快下雨的感覺。

「怎麼不下雨呢……」

拂過肌膚的風，乾燥得出奇。

以陰曆五月的風來說，感覺特別冷。就算是黎明前氣溫最低的時刻，也未免太冷了吧？

背脊掃過一陣寒意，昌浩連眨好幾下眼睛。

發生太多事，自己可能比自己想像中還要混亂，必須冷靜下來。不冷靜下來，有事時會很容易被擊倒。

他極力放慢呼吸思考。

思考螢的事、思考被落雷擊中的神社、思考出現在墓地的智鋪祭司和時守模樣的魑魅。

然後，回溯記憶。他記得在去墓地之前，晴明的式來了，傳達了京城發生的事。

再回溯到那之前。

「……」

心臟撲通撲通跳起來。

是竹籠眼。

劇烈心跳不正常地敲擊著內心深處。

落雷。神社崩塌。供奉的神和神威完全消失的神域。

消失的神在哪裡？

昌浩看見了。在看似現世與幽世的狹縫的地方，有兩個竹籠眼被沉入很深很深的水底。

竹籠眼是籠子，被囚禁在裡面的是天滿大自在天神和小野時守神——。

「……」

太陰發現昌浩的臉色更蒼白了，爬到他墊褥旁說：

「昌浩，你還好嗎？要不要替你拿什麼可以取暖的東西來？」

昌浩回看擔心的神將，輕輕搖著頭說：

「我沒事……只是在想一些事。」

「是嗎？那就好……」

太陰鬆口氣，退到剛才待的地方。

昌浩用眼角餘光瞄著燈台火焰搖晃的模樣，開口說：

「螢呢……？」

「……」

太陰神情黯淡地搖搖頭。

在神祓眾的墓地被智鋪祭司斬擊的螢，把時遠摟在懷裡，護住了他。

智鋪祭司要殺的人是時遠，她是為了保護時遠才被砍傷背部。

昌浩咬住嘴唇。

在墓地發生了什麼事？昌浩趕到時，螢已經受了重傷。

但是，為什麼會這樣？雖然封住了法術，她的武術還是相當高強。對方即使操縱九流族的真鐵的身體，也不可能輕易將她擊敗。

而且。

他回想起趕到墓地時在場的幾個身影。

有智鋪的祭司和另一個人。他在唸出咒語的同時揮出了刀印，那兩個人都被彈飛出去。祭司轉個身消失不見了，另一個潰散瓦解了。

那是九流族做出來的魑魅。

潰散的魑魅的長相，酷似小野時守。

應該是用葬在墓地裡的遺體做成的小野時守的魑魅。

難道螢是看到魑魅，動搖了心志嗎？因為已經亡故的哥哥出現了。如同九流族的比古等，看到智鋪的祭司就動搖了心志。

但是，為什麼會傷成那樣？螢應該也知道，哥哥時守已經亡故，被當成神供奉在鄉里的神社。

依昌浩所見，完全沒有抵抗的痕跡。如果昌浩的猜測沒有錯，在時遠陷入危險之前，她是任由魑魅擺布的。

為什麼？

閉上眼睛，當時的情景就清晰浮現腦海。

背部被染成一片鮮紅的螢，面如死灰，懷裡緊摟著時遠。

是時遠繫住了螢即將熄滅的生命燭火。唱數數歌救了螢的時遠，抽抽噎噎地邊哭邊說話。

——是篁教我這麼做的。

問他篁說了什麼，他也說不清楚。現在這種狀況、狀態，也不適合問。

只知道，那個冷淡、高傲的男人，還是會在子孫有危險時出手相救。

但是，昌浩會想得到冥官的幫助嗎？絕對不想。

因為欠冥官人情，以後可能會付出慘痛的代價。而且，目前也不會讓自己陷入需要冥官幫忙的險境，應該不會。

傳來遠雷。開著的木門外，可見黑暗的天空。比聲音稍微晚到的閃電，紅得像鮮血。

昌浩心想，好討厭的顏色啊。厚厚的雲和紅色閃電，都令人心驚膽戰。

他想起以前雨下個不停時的事。地脈的混亂波及上天，形成下不停的雨，持續下了很久。

奧出雲的雨也閃過昌浩腦海。他想起被污穢的雨玷污的大地、出雲的祭祀王、九流。

還有，被扭曲傳承下來的祭祀、被扭曲的教義破壞的羈絆。

對了，為什麼比古和多由良也在墓地？

「多由良和比古呢？」

昌浩要帶走螢時，背著比古的多由良對他說你先走，然後踉踉蹌蹌地跟在他們後面。

在用來渡河的腳踏石的地方，時遠卻步了，所以多由良催他坐到自己背上。

背著比古和時遠回到宅院後，多由良就啪答倒下來了。

「他們在房間，應該還在睡吧。」

把灰黑狼扛進屋內的是好不容易才復原的太陰，比古應該是神祓眾的某個人抬進去的。

也是太陰幫滿身都是沙土的比古，大致清除了髒污。因為山吹和神祓眾的人，都忙著照顧瀕死的冰知和螢，完全沒有餘力關心客人們。
沒錯，大家都沒有餘力。
昌浩、神祓眾、九流都沒有餘力。太陰自己也才剛恢復神氣，還沒痊癒。現在感覺身體還很沉重，反應比平時遲鈍。
傍晚昌浩出去時，太陰還半病倒似地躺著。是冰知被扛回來時的吵鬧聲把她喚醒，發現昌浩不在時，她大驚失色。
現在只有她陪在昌浩身旁，那是多大的失誤啊。強烈的自責困住了她，讓她動彈不得。
正要去找時，昌浩和時遠他們一起回來了。確定他們沒事，安下心來，她就全身虛脫了。
「……」
嘆口沉重的氣，心想，沒事真是太好了。
不知道被帶去道反聖域的六合醒來沒？她拜託過道反女巫轉達六合，請他復原後回來菅生鄉。但是，到現在音訊全無，應該是還沒醒來。充滿道反聖域的道反大神的神氣，也很難讓鬥將的神氣復原。

太陰抱著膝蓋，把額頭靠在上面，咬住嘴唇。

接連發生種種事情，連喘息的時間都沒有。每次發生事情，就會有人受傷，不能動。

沒有人死亡已是萬幸。

她需要兵，需要再多點戰力。

再這樣下去，自己哪天也會無法復原，筋疲力盡，就不能保護昌浩了。

感覺這就是敵人的目的。用盡所有手段，徹底削弱我方戰力，讓我方毫無辦法抵抗。

等到所有人都站不起來、所有人都無法作戰時，究竟會發生什麼事？

如果這就是敵人的目的，那麼，接下來會怎麼樣？

太陰無法想像，卻打從心底顫抖起來。

這樣下去不行。總覺得大家分散各處，很容易被逼入險境。

太陰腦中閃過十二神將最強與第二強鬥將的身影，心想他們兩人是否還沒復原呢？

「欸，昌浩，我要回京城一趟……」

這麼說的太陰眨了眨眼睛。

昌浩不知何時已經閉上眼睛，發出鼾聲了。

燈台的亮光照在昌浩臉上，形成濃濃的陰影。

看起來十分疲憊。太陰原本想著是陰影占大部分的關係，但不只是那樣。

「好像有點冷……」

現在是將近黎明的最冷時段。讓外面的空氣進來，對昌浩的身體不好。

太陰悄悄關上木門，再替昌浩蓋上衣服。

白色異形同袍在的話，應該會蜷縮在昌浩身邊，用自己來替代溫石吧。

昌浩身旁已經很久沒看到白色身影了。

對太陰來說，騰蛇不在當然最好，但是，現在的昌浩想必需要他的力量。

等天亮昌浩醒來後，就回京城看看吧。

太陰心想，以自己的風，飛快點，傍晚前就能回到菅生鄉。

昌浩一定也想知道京城的狀況、晴明和神將們都好不好。

「對了，也順道去竹三条宮……」

告訴他藤花的事，說不定可以幫他解解悶，讓他打起精神來。

神將們也感覺到，他們兩人因為身分地位的阻隔，已經放棄了未來。對於不受人類世界的規矩束縛的神將來說，那些東西根本不算什麼，無法認同，但是如果昌浩說那是宿命，他們也只能讓步。

「……」

燈台的火焰突然大大搖晃起來。沒有風，火焰卻劇烈晃動。

「怎麼了……？」

不由得站起來的太陰，耳朵被低吟聲撼動。

「哥……哥……！」

睡著的昌浩的臉上，浮現苦悶的表情。

他劇烈扭動身體，如掙扎般揮舞著手。

「喂，昌浩，你怎麼了？」

從昌浩身體冒出來的靈力波濤，彈開了太陰伸出來的手。

「呀……！」

被彈開的指尖刺痛發麻。

「是夢……？」

他在作夢。難道是在夢裡遇到什麼事，身體被拉過去了？

是在作什麼夢？究竟是夢見了什麼，能讓他冒出像是出竅的刀刃又像是鬥氣般的靈力？

「昌浩……」

喃喃低語的太陰，聽到昌浩的呻吟，屏住了呼吸。

「哥……哥哥……」

是扯開嗓子大叫的聲音。

昌浩的臉痛苦扭曲，伸出來的手像是在追逐什麼。

「哥……哥哥，為什麼……！」

瞠目結舌的太陰，全身僵硬地注視著昌浩。

被昌浩稱為哥哥的人只有兩個。

「不可以……哥哥……不可以去……哥……！」

昌浩的身體劇烈顫抖，手啪答掉下來。

他呼吸急促，額頭滿是汗水。

燈台的火焰靜止了，房內又恢復靜寂。

「……」

太陰當場癱坐下來。

剛才是怎麼回事？

她連眨好幾下眼睛，視線到處飄移，嘴唇不停顫抖。

「怎麼回事……」

怎麼會這樣？

為什麼自己會認為昌浩叫的是成親呢？

會發生可怕的事。無法挽回的事即將到來。

為什麼會有這種感覺，心中滿是恐懼？

太陰緊緊抱住自己，極力想止住顫抖。

她期盼趕快天亮。天不亮，這個不安就不會消失。

快點、快點天亮。

再也無法忍受的太陰，從木門衝出去了。

她高高飛起來，衝破雲層往上飛。

希望能早點看到天亮的徵候。

◆　◆　◆

伸手不見五指的黑暗無限延伸。

昌浩的心臟狂跳起來。

有氣息在黑暗中鑽動，吹來的風是又冷又重的黃泉之風。

定睛凝視，會看到滾滾而來的波浪。

眼前是沒有盡頭的水面，勉強可見漂蕩波間的泡沫。

看得到兩道朦朧的光芒，沉落在很深很深的水底。

是竹籠眼的籠子。

昌浩環視周遭。

捲起一個特別大的波浪，啪吵作響，濺起水花。

有個嬌小的身影在水面移動，啪吵啪吵踢散波浪。

「那是……」

頭披黑衣的嬌小身影，走向披著破破爛爛黑衣的大身影。

心臟撲通跳動。
從披頭的黑衣下，可以窺見哥哥的臉。
「哥哥！」
昌浩大叫，走向成親的身影突然定住，緩緩轉過頭來。
吹來黃泉之風，掀起了黑衣。
出現的是只穿著白色單衣的女孩。
正要跑過去的昌浩，愣然停下了腳步。
「公主殿下……?!」
是內親王脩子。慘白如屍蠟般的臉龐毫無表情，簡直就像人偶。
用呆滯的眼神瞥一眼昌浩的脩子，翩然轉身，搖搖晃晃地靠近披著黑衣的成親。
成親向脩子伸出手，抓住她的小小手腕，走向晦昧黑暗的彼方。
昌浩看出黑漆漆的前方有個偌大的磐石。
他的心底深處猝然發冷。
那是大磐石。

席捲而來的波浪好冷、水好深，阻斷了昌浩的去路。

成親強拉著脩子走向磐石。

「哥哥……！」

昌浩撥開水向前跑，腳卻被水深絆住失去平衡，整個人被拖進了水裡。

無法呼吸。

他用靈力揮去纏繞過來的無數手臂，掙扎著追上他們兩人。

「哥哥、哥哥！」

張開嘴，水就會灌進來。好冷，彷彿連心都凍結了。

「哥哥，為什麼！」

頭披黑衣的人轉頭越肩拋過來的視線，是那麼的冷酷。

昌浩哆嗦顫抖，無法置信。

「不可以，哥哥……！」

聳立在水前方的那個大磐石，跟位於道反聖域的那個大磐石一樣，隔開了這個世間與黃泉。

不可以碰觸，不可以開啟。

一旦開啟，黃泉之鬼就會湧入現世。

鬼將會到來。

「不可以，哥哥！」

沒有形體的鬼將會到來。

「不可以去！不可以開啟……！」

那是通往黃泉的入口，用來誘惑人們進入。

開啟黃泉之門的鑰匙，現在就在成親手裡。

開啟後，鬼會跟著風一起到來。

那是沒有形體的鬼、會魅惑人心的鬼、覬覦人心的鬼、誘人去黃泉的鬼。

黃泉之鬼將跟著風一起到來，占據人間，帶來成千上萬的災禍。

不久後，那些鬼還會開啟黃泉的出口。

「哥哥！」

為什麼？

為什麼那個哥哥會……？

不懂。無法置信。這是夢。

昌浩不停地喊，幾乎喊破喉嚨，不知何時流下了血淚。

拉著脩子的成親，把手伸向了大磐石。

脩子的身影忽地消失，白色蝴蝶繞著成親的手，虛弱無力地飛舞著。

黃泉之風更強勁了，把昌浩的心也凍結了。

白色蝴蝶聽從成親的指示，碰觸大磐石後，咻地消失了。

「哥……」

昌浩瞠目而視。黃泉之鑰消失了，那麼，脩子呢？

「哥……哥……」

成親沒有回頭。

昌浩對著絕不回應的背影，椎心泣血地吶喊。

「哥哥——……！」

黑暗不斷擴散，將所有一切抹黑、吞噬。

「……！」

昌浩雙腿發軟跪下來。

水花四濺。沾溼臉龐的，不知是水還是淚。

這是夢。

一定是哪裡搞錯了，那個哥哥不可能投敵。

不可能加入毀滅這世間的一方。

昌浩不相信也不願相信。

所以，一切都是夢。

包括竹籠眼的籠子、頭披黑衣的人、白色蝴蝶、沉入黑暗中的大磐石、黃泉之風。

所有、所有、所有一切都是。

他作了夢。

夢見不會到來的未來。
夢見不曾有過的過去。

非常非常幸福。
是讓人想沉溺其中的夢。

如果那是夢，那麼，這也是夢。

昌浩雙手掩面。

如果這不是夢，
就再不必醒來了。

◆　◆　◆

茫然張開眼睛，看到的是陌生的橫木與梁木。
睡前還待在自己身旁的神將不見了，通往外廊的木門微微敞開。
從那道門縫傳來早晨的氣息。
天快亮了。
「——……」
視野迷濛。一閉上眼睛，淚水就沿著太陽穴滑落下來。
啊，果然是夢。
太好了。那是夢。是夢。
當然是夢，不可有那種事。在現實中，不可能發生那麼可怕的事。
他希望這麼想。

然而，心臟卻狂跳不止，手腳末梢也冰冷得嚇人。

有個聲音在大腦某處響起。

快醒來！這才是現實！

脩子的白蝴蝶、脩子的魂虫被搶走了。

黃泉的入口被打開了，黃泉之風正吹向人間。

必須盡快找到白蝴蝶帶回去，否則脩子和風音都會有危險。

那是現實。

那是陰陽師作的夢。

昌浩看到蝴蝶在哪裡、在誰手裡。

某天白色怪物對他說的話在耳邊縈繞。

——陰陽師作的夢都有意義。

該怎麼做、必須做什麼，昌浩都知道、都明白。

昌浩是陰陽師。

但是，起碼現在……

「嗚……！」

昌浩交抱雙臂，閉上了眼睛。

◇　◇　◇

5

天一亮，昌浩就去了神社現場。

神祓眾們正在整理神社崩塌後的碎片。可能因為徹夜趕工，神域幾乎已經變成空地，中央立著一根楊桐。

那應該是神的依附體，讓消失的神回來時可以在那裡降臨。

跟昨天一樣，完全感覺不到神威的存在。

昌浩腦中閃過被關在竹籠眼的籠子裡的兩柱神的身影。

不解除封鎖，天滿大自在天神和小野時守神都不能回到這裡。

這間神社是菅生鄉的守護要塞，會阻斷從山上吹入鄉里的氣，是用來擊退妖魔鬼怪的結界的中心。

「昌浩，你能動了？」

熟識的鄉人過來跟他說話。
「是的，總算能動了。」
「在新的神社落成之前，這裡是空的，萬一發生什麼事就拜託你了。」
昌浩點點頭。
鄉人都覺得，神會突然消失，是發生可怕事情的預兆。
他們不會期待最好什麼事都不會發生，而是抱持會發生什麼事的預感，作好心理準備。
昌浩繼續走向墓地。
穿過森林、渡過河川，來到坍毀的墓地。
到處都是倒塌的墓碑。地面被刨挖，下沉凹陷，露出來的東西像是被埋在那裡的人們的遺骨。昌浩用手把土扒過來，盡可能把洞填起來。
死者回到現世有違條理。
昌浩想起柊之女。她就是扭曲條理留在這世間，才會淪為污穢之軀。
把洞填到看不見的程度，他就停下來，拍掉了手上的土。
然後布下結界，圍住整個墓地。

把遏阻妖魔鬼怪的防護牆重新布設、鞏固，以免神祓眾們的遺體再次被當成道具使用。

這樣就沒問題了。

「好，回去吧。」

回到首長宅院的昌浩，被夕霧叫住。

「昌浩，你去哪了？」

他擔心一直沒起床的昌浩，去房間察看，發現房內沒人，正在想是不是發生了什麼事，焦躁不已。

「對不起，我到處走走看看。」

昌浩坦白道歉，夕霧明白他的心意，沒再責怪他。

「螢在找你。」

「她醒了？太好了。」

昌浩鬆口氣，夕霧露出複雜的表情，搖搖頭說：

「不算好。」

「咦……」

「法術解除了，傷得太重……」

施在螢身上的停止時間的法術失效了。

神祓眾的長老們施行的這個法術，是讓螢本身的靈力朝體內釋放，在血管裡巡迴，發揮效用。

但是，身負重傷瀕臨死亡，使得靈力枯竭了。

要重新施法，必須等螢的靈力復原。問題是，她的身體能不能撐到那時候。

昌浩呆住了，夕霧搖搖頭，拍拍他的背說：

「螢在等你，長話短說，別讓她太累了。」

昌浩默然點頭。

她的房間朝南，晴天時光線充足，非常明亮。但是，最近天空被厚厚的雲層覆蓋，遮蔽了陽光，所以很可惜，屋內有些陰暗。

「螢，我進去囉。」

昌浩先打聲招呼再推開木門，看到躺在墊褥上的螢微微張開了眼睛。

對不準焦距的眼眸飄忽不定，頭緩緩轉過來。

看到她蒼白如紙的肌膚，昌浩不由得全身顫抖。

死亡的氣息就快籠罩她瘦弱的身軀了。

「對不起，一大早把你找來。」

螢笑得很虛弱，昌浩在她枕邊坐下來，搖搖頭說：

「沒關係，我一大早就起來了，到處走走看看。」

「哦，去看了哪裡？」

「神社啦、墓地啦。」

螢的眼皮跳動，好像喃喃說著什麼。

「沒什麼事，只是有很多墓碑倒下來，地上被砸得到處都是洞，所以我把能填補的地方都填起來，再布下結界。」

完全明白昌浩在說什麼的螢，鬆了一口氣。

「謝謝你。死者不能安息，太可憐了。」

「嗯。」昌浩點點頭。

說到這裡，兩人沉默下來。

昌浩不知道該說什麼。最好聽從夕霧的囑咐，長話短說，趕快離開這裡。

正思考該怎麼切入時，螢先開口了。

「我有個請求……」

「請求？」

螢眨眨眼，對疑惑的昌浩說：

「對……我自己都覺得這個請求很殘酷。」

「咦？」

「但是，請求昌浩的話，我想應該還好。」

「等等。」

昌浩瞪大眼睛，心想，妳在說什麼啊？

「不要說，我有不祥的預感。」

看到昌浩板起臉，螢輕笑著說：

「嗯，你的預感一定對，你可以恨我。」

「就叫妳不要說嘛……什麼事？」

昌浩儘管抗拒，還是問了一下。螢瞇起眼睛，用很小的聲音說：

「我……有一天會殺了時遠。」

「蛤……?」

螢盯著瞪大眼睛的昌浩,痛苦地重複那句話。

「我會殺了時遠,我哪天會親手殺了他。」

看到螢露出被自己說的話傷到的表情,昌浩不由得高聲大叫:

「妳在說什麼啊……!」

螢緩緩搖著頭說:

「這是件的預言,所以……」

螢不斷重複作著夢,夢見自己把年幼的外甥勒死、把他從岩岸推落河川、拋下被妖怪包圍的外甥不管等等。

「每次、每次我都殺了時遠……如同件的預言。」

「螢……」

昌浩察覺自己在微微發抖。

心想,不會吧?

「昨天那是……智鋪的祭司和魑魅啊。」

「智鋪的祭司？魑魅？」

昌浩告訴她，在墓地遇見的那個人，是差點害死比古他們的智鋪祭司。那傢伙進入九流族的真鐵的宿體裡，任意操縱九流族的法術。

「魑魅是用土塊做成的傀儡……有小野時守外表的那個，就是傀儡。」

昌浩看到螢的眼皮劇烈顫動。

「魑魅……？」

那麼，那不是從黃泉回來帶自己走的哥哥，而是智鋪做出來的傀儡。

倒抽一口氣的螢，眼眸動盪搖曳。

她還以為願望實現了，原來不是。她還以為是哥哥來帶她走了，還以為是哥哥在她殺死時遠之前、在她弄髒手之前，從黃泉回來了。

那麼，不行。預言還捆綁著她的身體。只要她活著，預言就會成真。

「還是不行。」

螢雙手掩面。

「螢？」

「求求你，昌浩，現在馬上把我殺了。」

「什麼……！」

把手放下來的螢，直直注視著張口結舌的昌浩。

「求求你……其實，我本來是想拜託夕霧……」

可是，她醒來時，看到近在眼前的夕霧的臉，突然覺得不能讓他做那種事。

不只夕霧，也不能讓鄉人們、長老們做那種事。

這個鄉里的人都是親人，都是一定有某種血緣關係的同胞。

他們都很愛護螢。他們疼愛、珍惜的，不只是螢與生俱來的靈力，還有螢本身的存在。

怎麼能開口請他們斷絕這個生命呢？

昌浩把整張臉都皺成了一團。

「那麼，為什麼找我？我也不想殺妳啊。」

螢默默微笑著。一滴淚水從她的眼角滑落下來，被頭髮吸走了。

「嗯……所以我想昌浩應該沒關係。」

「所以為什麼結論是這樣？」

「因為昌浩會真的恨我啊。」

出乎意料的答案讓昌浩目瞪口呆。

她說昌浩會想，竟然讓我做這麼過分的事，真的感到生氣、埋怨、憎恨，然後把這件事遠遠拋在腦後。

螢的眼睛又溢出新的淚水，一滴接一滴不停滑落。

「夕霧應該做不到，鄉里的其他人也做不到。他們不會憎恨、埋怨、生氣，而是會悲傷、懊惱，最後開始責怪自己……所以……」

昌浩咬住嘴唇。猛烈的憤怒，以及沒察覺螢心中痛苦的自己的愚蠢，讓他感到頭暈目眩。

他慢慢伸出手，啪唏給了螢一巴掌。

突然挨打的螢，張大嘴巴回看昌浩。

「這一巴掌是懲罰妳惹我生氣。」

然後，昌浩做個深呼吸，邊思索措辭邊說：

「妳不必這麼想不開……還有，妳被件宣告預言的事，我怎麼都不知道也沒聽說呢？」

「嗯，因為我沒說。」

昌浩挑起了眉毛。

「妳要說嘛，這樣我才能早點告訴妳，件的預言其實是咒語。」

「咦……？」

螢聽不懂那句話的意思，滿臉疑惑。

昌浩挑重點說。他說是智鋪眾操縱件，以件的預言這種形式，散布各式各樣的咒語。

「件的預言無不靈驗，他們將計就計，利用了這句話。」

有一種名叫件的妖怪。件會宣告預言。件的預言無不靈驗。

智鋪眾利用了這個傳說。智鋪眾操縱的件是式，他們模仿件做出了式，讓式說出模擬預言的咒語，把鎖定的人逼入絕境。

但是，沒有人知道這件事，所以大家都相信件的宣告全是預言，沒有那之外的可能性。被當成無不靈驗的預言，深深刻劃在人們心中。

想逃也絕對逃不掉，最後都會被困住。

因為件的預言無不靈驗，所以預言勢必成真。不論是多麼駭人、多麼恐怖的預言，都無法逃脫。

之所以無法逃脫，是因為那是智鋪施加的咒語。
「那些人利用件，魅惑術士，攪亂他們的人生。」
所以，螢被宣告的事，也不是預言而是咒語。
「咒語……」
螢喃喃低語，眼中快熄滅的生命之火又燃燒起來。
既然是詛咒就能破解。既然是詛咒就能防止。那是陰陽師的領域。
螢把臉皺成了一團。
自己竟然在不覺中陷入智鋪的圈套，被魅惑了。現在知道是咒語，那個預言就失效了。
「那麼……我不會殺死時遠？」
昌浩用力點頭說：
「當然不會。」
「我不會奪走時遠任何東西？我待在時遠身旁也沒問題……？」
聽到螢顫抖著說出來的話，昌浩點頭如搗蒜。
「沒問題喔，時遠失去螢，一定會很煩惱。」

在螢垂死之際，是時遠邊哭邊唱數數歌，保住了螢的生命。因為一心不想讓她死、一心不想失去她，所以能完成那樣的法術。

「時遠那麼喜歡妳，妳可不能消失啊。沒有妳陪在他身旁，他一定會哭。」

螢無言以對，雙手掩面。

「嗚……」

她一直很痛苦，痛苦到想逃脫。見到哥哥時，整個人都虛脫了。

智鋪的祭司早料到她會這樣，所以做了時守的魑魅，讓螢處於危險邊緣的心靈失去平衡，再剷除她。

◆　◆　◆

十二神將太陰乘著風直奔天際。

在天亮前，她忍不住衝出宅院，在外面翱翔一會，讓大腦冷靜下來。

她已經被逼到有點不正常了。

「該回昌浩身邊了……」

忽然，太陰皺起了眉頭。

這裡是離菅生鄉很遠的山裡，到處是枯木，山面呈現茶色。

成為枯木原因的柊的菖蒲已經不在了，但即使不能馬上復原，也應該漸漸長出綠葉才對。

環顧周遭的太陰，浮現奇妙的違和感。

「是什麼呢……」

她搞不清楚自己是覺得哪裡不對。但是，的確有強烈的違和感，讓她的直覺產生了反應。

於是，她在山腰降落。

這裡應該是被鄰近的人稱為生人勿近之山的地方。

不小心闖入的當地人，不是遭遇神隱，就是方向大亂遭遇怪事，所以聽說神祇眾和其他當地人，都被嚴厲告誡不可以進入這裡。

也有人說，很久以前有星星從天上掉下來。

「對了，昌浩好像……」

好像在某個時候說過，位於菅生鄉附近的生人勿近之山，當條件吻合，就會與界之狹縫相連結。

還說過在菅生鄉修行期間，曾在這座山遇見灰黑狼。

在山裡徘徊、怎麼樣都走不出去的多由良，遇見昌浩後，在昌浩的協助下走出那座山，終於回到了奧出雲。

那次恐怕是次元剛好連結到奧出雲。視條件而定，道路很可能連結到任何地方。

「啊，說不定方法對了，也能去京城呢。」

不必到安倍家，只要能鋪出連結到京城某處的界之狹縫的道路，就能比使用太陰的風，更快往返於京城與播磨之間。

太陰做不到，但是，陰陽師說不定做得到。

「對了，一般陰陽師或許做不到，但是晴明一定可以……」

這麼一嘀咕，思念便湧上了心頭。

她很少離開晴明這麼久。晴明剩下的時間可能不多了。

好想趕快回到晴明那裡。回去後，盡可能陪在他身旁，珍惜每一件平淡無奇的事。

正東想西想時，颳起了格外強勁的風。

同時，感覺到強烈的耳鳴。

「唔……！」

她不由得摀住雙耳。

覺得頭腦發暈，雙腳站不穩。

身體失去平衡的她，單腳跪下來，靜靜等待耳鳴消失。

這樣過了一會，她清楚聽到刺耳的聲響。

那是像黏液般的東西震顫彈動的聲音。

背脊掠過一陣寒意。

太陰猛然張開眼睛，看到如膠般的東西蠢蠢蠕動，包圍了自己。

跟指甲差不多大小的臉，同時注視著自己。

「唔……！」

膠的邪念滾滾湧向倒吸一口氣的太陰。

應該在尸櫻界的那個東西，怎麼會在這裡呢？

太陰在被困住前，逃開了黏稠的滾滾浪潮。

想高高往上飛，卻被什麼東西阻擋了。

「咦?!」

透明的天花板擋住了太陰的去路。她想，那就往其他方向飛吧，卻還是有看不見的牆壁。

不知何時，她被無形的牆壁包圍了。

太陰被反彈出去，失速下墜。

捲起漩渦的邪念在下面等著她。膨脹起來的邪念，企圖從四面八方吞噬她。

「不要過來！」

太陰爆發神氣擊退它們，甩開四處飛散的無數張臉。

為了擺脫如波濤般湧上來的膠的邪念，太陰奮力奔馳。

她飛上枯萎的樹木，在乾枯的樹枝上飛跳移動，邊閃躲追上來的邪念邊環視周遭。

可以感覺到，前面也被築起了看不見的牆壁。如果哪裡有縫隙，就可以從那裡逃出去，但那是——

「結界……」

是智鋪的祭司嗎？沒想到九流族也能像陰陽師那樣操縱結界。不對，不是九流族，說不定是智鋪祭司本身的力量。

太陰釋放出神氣，向四面八方散去的風，撞上結界消失了。

「怎麼會這樣……」

以風計算的結果顯示，結界的大小遠超過太陰的想像。

這個驚人的巨大結界，包圍整座廣大的生人勿近之山，高度也直達雲霄。

「那麼……」

不必破壞整個結界，只要使出全力用風矛敲擊一個點，應該就能刺穿一個洞。可能很快就會癒合，但她可以在那之前逃出去。

她跳到更高的樹枝上，從交合的雙手中做出風的凝聚體。

邪念往上攀爬，差點碰觸到太陰的腳。

「喝！」

擊出去的風矛，撞擊到無形的牆壁的一個點，響起冰碎裂般的聲音，出現了龜裂。

空氣震盪。維持結界的力量波動被攪亂，纏上了太陰的肌膚。

「咦……？」

嬌小的神將瞪大了眼睛。

她認得這個波動。

不是智鋪的祭司。是比那種力量更強大、更犀利、更熟悉的靈力。

眨眼間的遲疑，讓太陰出現了破綻。

爬上來的邪念纏住太陰的腳，把她快要伸到龜裂處的手指拉回來。

「糟糕……」

反射性回頭看的太陰，倒抽一口氣。

邪念的漩渦破裂，從枯樹間出現一個頭披破破爛爛黑衣的術士。

邪念嘩地襲向被拖下來的太陰。

她用神氣之風吹開它們，試著再往上飛，但沒成功。

術士從黑衣下伸出來的手，快速劃著什麼。

太陰想到那是什麼圖形時，已經被光之繩五花大綁。

那是由三角形與倒三角形組合起來的圖形，是被稱為竹籠眼的六芒星。

邪念包圍被關入竹籠眼的籠子裡的太陰，要將她吞噬。

「唔……」

她想從內部破壞籠子，卻使不出她要的力量。

雙腳無力差點癱坐下來，她抓住籠子，拚命撐住身體。

當她發現，神氣與生氣全被剛才纏住腳的邪念奪走時，已經太遲了。

身體瞬間發冷。這時候，包圍竹籠眼的邪念還在繼續吸光她的神氣。

術士靠近竹籠眼的籠子。

心臟在太陰胸口深處劇烈狂跳。

「不可能吧……？」

抓著籠子的手在顫抖。肩膀、全身都嘎答嘎答顫抖，呼吸混亂。

唯有法術相當高強的陰陽師，才能做出那麼廣大的結界。

太陰知道，她的主人做得到。

神祓眾的小野螢說不定也做得到。但是，她現在幾乎不能使用法術，所以，老實說，太陰並不知道她做不做得到。

說不定昌浩也做得到，因為他是晴明的繼承人。而且，他在這個播磨之地受過艱苦的嚴格訓練，應該擁有超越太陰想像的實力。

然後，太陰還知道一個可能做得到的人。

究竟有幾個人真正知道他的實力有多強大呢？

太陰也不清楚實際情況。因為，沒有人看過他使出全力的模樣。

他總是笑著說自己沒什麼了不起，裝瘋賣傻地糊弄大家。

黑衣下有張熟悉的面孔。

太陰緩緩伸出抓著籠子的手。

「為什麼……」

發出來的聲音有些嘶啞。

「為什麼你會在這裡……」

為什麼操縱邪念？為什麼要抓住我？

「你快回答啊……喂……」

對方瞥一眼她伸出來的手，什麼也沒說就背向了她。

默默舉起來的右手，指向了某處。

邪念騷然捲起波濤。

「回答我啊！快回答我！」

同時流出來的邪念，奔向菅生鄉的方向。
焦急的太陰高聲吶喊。
「為什麼呢？成親……！」
悲痛的叫聲在山間震盪。
瞬間，強烈的耳鳴再次襲向太陰。
嗡嗡聲在耳裡迴響，使她頭暈目眩。
成親為什麼要這麼做？為什麼在這裡？在想什麼？目的是什麼？
「……──」
她的視野被染成鮮紅色，再也無法思考了。

連結到界之狹縫的道路被鋪出來了，門也被強行撬開了。
囚禁十二神將太陰的竹籠眼的籠子，逐漸被拋在道路之門後面。
成親往鄉里的方向瞄一眼後，望向遙遠彼方的天空。

「……」

他甩甩頭，踏上道路。

門慢慢關上了。

所有的邪念離開後，山面又是一片枯木色。

紅色閃電劃過厚厚雲層的彼方。

在消失的前一刻，成親拋出去的視線，朝向了京城。

但是，沒有人知道這件事。

◆　◆　◆

6

紅色雷電奔馳而過。

昌浩帶著些許猶豫，詢問好不容易平靜下來的螢：

「聽夕霧說，妳的法術失效了……」

螢滿不在乎地回說：

「嗯，是啊，可能還挺麻煩的。」

昌浩表情複雜地看著螢。

心想，現在不是嫌麻煩的時候吧？

螢可能是從昌浩的眼神看出他的心思，在躺著的狀態下靈活地聳聳肩說：

「沒辦法，傷勢太嚴重了。」

正佩服她居然可以仰躺時，她又眨個眼補充說：

「貼了好幾張止血、止痛符，層層相疊，所以不覺得痛。」

螢稍微動一下身體，皺起了眉頭。

「不覺得痛，但是，硬邦邦的，睡起來不舒服。」

這樣的埋怨讓昌浩忍不住笑出來。

她還徘徊在生死邊緣，給人的感覺卻不是那樣。

這並不是逞強。她清楚發生在自己身上的事，也非常清楚自己的狀態。哭泣、害怕也不能改變什麼，所以，她毫不反抗地接受了所有一切。

這是昌浩的感覺。

「昌浩，我有個請求。」

聽到螢突然這麼說，昌浩有幾分遲疑，心想，這次又是什麼？

「別再說什麼奇怪的事喔，我不要聽。」

「我不會再叫你殺我了，仔細想想，那種事是有點過分。」

昌浩半眯起眼睛說：

「是很過分。」

「有什麼關係呢，你是陰陽師，殺一、兩個人也沒人會說什麼。」

螢被瞪也毫不在乎，淡淡說出驚人之語，但昌浩的臉都僵了。

「我可以跟妳打賭，如果我殺了妳，夕霧就會殺了我。一定會，不用懷疑，絕對會。」

昌浩有絕對的自信才敢如此斷言。

這句話有如青天霹靂，螢瞪大了眼睛。

「啊……對喔，被你這麼一說，的確是。」

螢連眨幾下眼睛，不知道想到什麼，噗哧笑出來。

感覺很久沒看到她笑了，因為她總是緊繃著一張臉，像是被逼到了絕境。

昌浩看到的，一直是那樣的臉。即使露出笑容，也不是發自內心的笑。

知道心是被什麼東西困住後，她擺脫了一直以來的恐懼。

「先別說這個了。」

螢突然盯著昌浩這麼說，那語氣就像在說把什麼東西稍微挪一下吧那麼順口。

「我想跟我哥哥說話，你應該能召喚他來吧？」

「跟時守神說話？」

「是的……因為我以前一直很害怕，沒有跟哥哥好好說過話。」

螢的意思是要他把被供奉為神的時守請下來。

昌浩緘默不語。請是請得下來，但是，現在時守被封鎖在竹籠眼的籠子裡，被囚禁在某個地方。

那個地方像是現世與幽世之間的狹縫。首先，要知道怎麼去那個地方，再想辦法打開竹籠眼的籠子。

這兩件事應該都不容易辦到。

而且。

昌浩腦中浮現頭披黑衣的成親的冷漠眼神。

為什麼成親會那麼做？

應該有理由。一定有。必須質問他、說服他，把他從敵方拉回我方，一起回京城。

京城有嫂嫂、姪子、姪女等著他；陰陽寮少了他也一定很困擾。

再說，他這樣跑出來，是怎麼跟陰陽寮說的？出來之前，有沒有先通知暫時不會來工作了？

昌浩開始想這些有的沒有的事。

恐怕誰也不知道答案，成親應該沒跟任何人說就消失了蹤影。

因為換作是自己，就會這麼做。

跟任何人說都會被懷疑。尤其是告訴安倍的親屬，一定會被阻止、被強力制止。

不論有任何理由，只要想投靠為非作歹的一方，安倍家的陰陽師們就會全力阻擋。

更重要的是，那個哥哥絕不會與安倍晴明以及他的式神們正面對決，他不會做這麼莽撞的事。

「……」

沉默不語的昌浩表情嚴峻，螢欲言又止地盯著他看。

昌浩察覺她的視線，猛然回過神來。

「對不起，說到哪了？」

「昌浩，你是不是有什麼事？」

被這麼反問，昌浩一時答不上來。

他只能說：「螢，等妳傷勢穩定了，我就告訴妳……」再接著說：「所以，妳要趕快好起來。」

螢嗯嗯沉吟。

「可以的話，我也希望那樣。但是，接下來只能向神祈禱了。」

「好，向所有的神祈禱吧。放心，除了我，神祇眾也會全體動員祈禱。」

螢笑著說感覺會是很大的陣仗，說完眼皮微微顫動起來。

「我跟你說喔……我有個夢想。」

「哦，什麼夢想？」

昌浩若無其事地催她往下說，她害羞地笑了起來。

「呃，你不能告訴任何人喔。」

「我不會說、我不會說。」

螢滿臉嚴肅。

「絕對不能說。」

「我知道，我向神發誓。」

昌浩認真回答後，螢才微微瞇起眼睛說：

「總有一天，我要生下夕霧的孩子……」

「咦……」

出乎意料的話，讓昌浩倒抽一口氣。

看到昌浩滿臉驚訝地俯視著自己，螢平靜地接著說：

「那孩子會成為支撐時遠的左右臂，承續小野家的血脈直到遙遠的未來。」

因為身為現影的夕霧，不能成為螢的丈夫，所以這只是夢想。

螢笑著說還沒說完喔。

現在時遠沒有現影，所以，我們說不定會生下白頭髮、紅眼睛的孩子。雖然年紀比時遠小很多，但是，我和夕霧的孩子一定會成為優秀的術士，所以沒有問題。然後，等時遠長大，成為無可挑剔的神祓眾首領，我就滿足了。

「可能活不到那時候吧……」

螢的眼睛望向遠處，像是看著遙遠的未來。

她說的是夢想。只因那是她活著的希望，所以，明知是不會到來的未來，她還是說出來了。

只要可以作夢，她就不會放棄。只要能想著「說不定可以」，期盼著絕對不可能的未來，就能保有氣力。

夢能延續螢的生命。

「昌浩的夢想是什麼呢？說來聽聽吧。」

話題突然轉到自己身上，昌浩面露難色。

「呃，這個嘛，我……」

昌浩結結巴巴，螢爽朗地糾纏他。

「有什麼關係呢？告訴我一個人吧，我絕對不會告訴任何人，我向神發誓。」

那是不會實現的夢、不會到來的未來。

視線飄來飄去的昌浩，低聲沉吟。

他一直叫自己不要去想、不要去想，所以突然要他說，他真的很為難。

「呃……欸……就是……」

「嗯。」

昌浩合抱雙臂，認真沉思起來。

「欸……」

飄來飄去的視線，忽然往上揚。因為，未來總是在天空的彼方。

「我想……我們的要求並不多。」

螢默默點著頭，因為她知道昌浩在心裡描繪的是誰。

「例如……傍晚時，我從寮回到家時，她就出來迎接我……」

——你回來了啊。

然後，我們一起吃飯，一起度過非常平凡的日子、變遷的季節。

倘若，可以作這種「假如」的夢。

「我想……孩子越多越好，我自己就是三兄弟。」

例如，有兒有女，哪種比較多都行。但是，至少要三個。昌浩自己覺得三兄弟很好，所以，還是希望有三個或更多個孩子。

「啊，不過，都是男生或都是女生也可以。不論男女，一定都很可愛。」

沒錯，一定非常可愛，讓他又愛又疼。

他會像父母親對待他那樣，把孩子當成寶貝撫養長大。

「最好不要像我吧……有一點點像也行，不，還是不要像我比較好吧。」

「為什麼？」

「——」

昌浩閉上嘴巴不說話了。

螢目不轉睛地盯著他。

盯到他受不了，不情願地張開嘴。

「呃……因為不像我，應該會比較漂亮。」

螢噗哧笑出聲來。

「原來如此……這點還滿重要的，嗯。」

昌浩兇她說不准笑，她連聲道歉說對不起。

滿臉苦澀的昌浩，半瞇起眼睛，心想，為什麼非說這麼害羞的事不可。

「然後呢？」

螢繼續追問，昌浩忍不住用粗暴的語氣說：

「夠了吧？」

「咦，再多說一點嘛……啊，我想到一個點子。」

螢盯著昌浩，露出得意的笑容，讓昌浩心生畏怯。

「我不太想聽……但是，妳的眼神叫我問，所以我就問吧，什麼點子？」

螢興沖沖地說：
「讓我的孩子跟你的孩子在一起吧。」
昌浩抱頭慘叫。
「哇，來了。」
其實他有預感是這件事。
「所以我就說不想聽嘛，啊啊啊啊，惡夢又來了。」
螢帶著曾祖父的信來拜訪時的情景，又浮現在昌浩的腦海。
「哈哈哈，沒錯，就這麼做吧。這樣不但能實現神祓眾的夙願，也能履行約定。」
螢的心情大好，昌浩則摀住耳朵說：
「我沒聽見、我沒聽見、啊－啊－啊，我沒聽見。」
「你這人很不乾脆耶。」
「不是那種問題。」
昌浩板起臉，螢開懷大笑。昌浩看到她雙頰微微泛起紅暈，鬆了一口氣。
怎麼樣都行。如果這種閒扯淡的夢話，可以讓螢湧現希望，那麼，要他扯什麼他都願意奉陪。
而且，昌浩恐怕也不能對螢之外的人說這種話。
他們彼此知道，那是不會到來的未來，僅僅只是夢。
所以，可以彼此傾訴。

從螢的房間走出來的昌浩，看起來似乎特別疲憊。
夕霧以訝異的眼神，目送搖搖晃晃經過的昌浩。
「他是怎麼了……？」
好像是跟螢講了很久的話，可是，螢疲憊還有話說，怎麼是昌浩疲憊成那樣呢？夕霧百思不解。
他邊想邊走向螢的房間。
「是我，我要進去囉。」
沒等裡面回應，他就推開了門。

昏昏沉沉的螢眨了眨眼睛。

「啊……我好像睡了一下。」

在墊褥旁跪坐下來的夕霧，環視屋內。

本以為可以找到讓昌浩那麼疲憊的原因，但屋內並沒有特別的改變。

躺著的螢的臉色比剛才好多了。

「昌浩看起來好像很疲憊……」

螢回說是啊，噗哧一笑。

「我們聊了很多，我聊得很開心，可是他好像想很多，所以累壞了。」

夕霧沉默無語。很想知道他們聊了什麼，卻又覺得最好別問。

「想聽嗎？」

螢雖這麼問，但感覺她並不想說，只是做做樣子而已。

「不想。」

夕霧搖搖頭，把螢蓋到胸口的被子往上拉。

螢喘口氣說：

「時遠呢？」

「有山吹陪著他，不用擔心。」

「哦。」螢安心地閉上眼睛說：「聊得太開心，有點累了。」

「睡吧。」

「有事一定要叫醒我，通知我。」

「我知道。」

在時遠成人之前，螢是這個鄉里的老大，即使不能動，她也要完成任務，必須尊重她這樣的意志。

「對了……」

螢似乎想起了什麼，閉著眼睛告訴夕霧：

「昌浩說件的預言不是預言。」

夕霧瞪大了眼睛。

「所以，我不會殺死時遠，已經沒問題了。」螢深深吐出一口氣說：「詳情去問昌浩。」

夕霧平靜地回應：

「是嗎……」

「嗯……」

看著螢又慢慢入睡，夕霧總算安心了。

知道螢長期以來的恐懼與不安已經消失就足夠了。

之後，等昌浩復原得差不多時，再去向他確認細節就行了。

夕霧注視著發出規律鼾聲的螢好一會後，輕聲站起來。

紅色閃電劃過厚厚雲層的彼方。

是遠雷。不知是否想太多，感覺更靠近了。

就在這麼感覺的瞬間，響起了雷鳴。

聲音比之前更響的雷鳴，拖著長長的尾巴。

鄉里的守護神天滿大自在天神，依然下落不明。

為了阻擋從山上飄下來的氣，緊急豎起了楊桐枝，當成容器。但是，應該支撐不了多久，必須趕快把神請回來。

雷神消失了，紅色閃電逐漸靠近。

不知道為什麼，心裡亂得慌，總覺得那個閃電不吉利。

夕霧轉身離開，走向神社原先所在的神域的深處。那裡有守護菅生鄉的結界要塞。

為了謹慎起見，必須重新布設守護鄉里的結界，以提升強度。因此，夕霧走出了宅院。

◇　◇　◇

瑛子抬頭仰望被厚厚雲層覆蓋的天空，眨了眨眼睛。

最後一次放晴是什麼時候呢？她已經不記得了，因為連日來都是陰天。

「今天父親也不會回家嗎？」

陪著瑛子的侍女，為難地笑著說：

「這個嘛……還沒接到通知呢。」

瑛子沮喪地垂下肩膀。

「我去母親那裡。」

她把手中的玩偶遞給侍女，走出了對屋。

瑛子的父親是陰陽寮的陰陽博士。

母親曾告訴她，陰陽博士經常要扛起非常困難、別人做不來的重大任務。因為這樣的工作性質，有時候會有一段時間回不了家。

所以，昨天沒回來，很可能是因為那樣。而且，聽說有些事不能告訴任何人，所以一定是那樣。

瑛子都聽母親說過，但是，不知道要等到什麼時候，讓她非常煩惱。

因為父親既是陰陽博士，更是瑛子的父親。

而且，父親不但是瑛子的父親，更是瑛子的母親的丈夫。

瑛子非常喜歡父親，但是，她知道父親最愛的人是母親。

瑛子有個秘密，那就是她也最喜歡母親，所以，知道自己非常喜歡的父親愛著自己最喜歡的母親，她非常開心。

而且，非常喜歡的父親也很愛她，僅次於母親。

瑛子有兩個哥哥，哥哥們也很愛她、疼她，所以瑛子非常幸福。

然後，很快又會多一項幸福。

「母親。」

她出聲叫喚，裡面有了回應。

走進房內一看，躺著的母親正慢慢坐起來。

在侍女扶持下坐起來的母親，展開了雙臂。瑛子很想衝進母親的懷抱，但忍住了。

母親的肚子裡有瑛子的弟弟或妹妹，瑛子如果衝過去，說不定會嚇著肚子裡的孩子。

為了不驚擾那個孩子，瑛子在母親身旁悄悄跪坐下來，直盯著母親的肚子。

「怎麼了？」

母親溫柔地問，瑛子歪著頭說：

「父親什麼時候回來呢？」

被女兒這麼一問，母親篤子流露困窘的眼神，微微一笑。

「會是什麼時候呢……工作一直做不完呢。」

一個字一個字說得很慢，像是在思考措辭的篤子，撫摸著瑛子烏亮的黑髮。

「在父親回來之前，瑛子要當個好孩子喔。」

「好。」

瑛子回應後，向母親撒嬌說要摸摸肚子。

篤子瞇起眼睛，答應了她。

瑛子輕輕碰觸肚子，還把耳朵貼在上面聽。

「我是姊姊呢。」

不論裡面是公子還是公主，瑛子都是姊姊。

在肚子裡時，不會哭、不會笑，也不會說話，但是，聽說聽得見聲音。所以，要盡可能跟肚子裡的孩子說話，傳達重要的事。

這是以前大哥告訴她的。大哥說瑛子還在母親肚子裡的時候，父親每天都會把當天發生的事告訴瑛子。

聽說父親在瑛子出生前，就知道瑛子是瑛子了。

大哥說在肚子裡時，應該不知道是公子還是公主，父親卻知道是公主。

大哥挺起胸膛驕傲地說，父親是陰陽師，所以知道。只是聽著大哥說話的二哥，也學大哥挺起了胸膛。

聽說懷大哥、二哥的時候，父親也都知道是公子。所以，在他們出生前就會叫他們的名字。

「母親，這個孩子叫什麼名字呢？」

瑛子想叫孩子的名字，邊摸肚子邊問。篤子哀傷地搖著頭說：

「我還不知道呢，要由父親決定。」

「那麼，等父親回來，就會告訴我們嗎？」

篤子看著眼睛閃閃發亮的瑛子，沒有回答，只是敷衍地笑笑。

然後，她說：

「我作了夢呢。」

夢見足月後，孩子生下來，被裹著襁褓抱在懷裡。

在夢裡，身邊有三個孩子、做完工作回來的成親，大家都很開心。

成親以熟練的動作，從篤子懷裡抱起嬰兒，注視著熟睡的孩子，眼神疼愛到不行。

他笑得合不攏嘴，說孩子會健健康康長大，以後說不定最像自己。

這時說的像，不是指外表，而是與生俱來的能力。

在前三個孩子身上幾乎沒有顯現的安倍家之血，似乎在第四個孩子身上突然強烈顯現了。

安倍家之血是陰陽師之血，這孩子說不定有前三個孩子沒有的靈視能力。

「所以，你之前才那麼猶豫要不要生第四個孩子嗎？」篤子問。

成親看著上方，嗯地沉吟，回她說：

「不是因為那樣，不過，那件事已經結束了，不用放在心上。」

什麼結束了？篤子想問個清楚，但無論她怎麼問，成親都不回答。

他說既然結束了，就讓它完美結束吧。不讓它結束，就不會結束，最後結束不了就糟了，所以，結束了。篤子被他好像有道理又好像沒道理的說法，哄得團團轉。

看樣子，丈夫絕對不會回答。所以，篤子也不追問了。

沒必要拘泥於那種事，只要第四個孩子平安生下來、丈夫陪在身旁、孩子們健健康康，她就別無所求了。

看到篤子嘆息，成親瞇起了眼睛。

那眼神非常溫柔，篤子也覺得非常幸福——。

「母親……？」

篤子回過神來。

瑛子疑惑地抬頭望著她。

「母親，您累了嗎？」

聽到女兒這麼說，篤子才驚覺自己半睡著了。

瑛子從母親身旁走開，命令侍女：

「讓母親好好休息。」

「我沒事。」

篤子露出笑容，但瑛子搖著頭說：

「不行，母親，您的身體一直不好，都起不來，一定是還沒完全好。」

篤子眨了眨眼睛。

在自己昏睡期間，女兒好像長大了。想到讓女兒擔心成這樣，悔恨和悲痛頓時湧現篤子心頭。

「那麼，就聽瑛子的話吧。」

「好。」

瑛子點點頭，親眼看著篤子躺下來，才回去對屋。

篤子嘆口氣，把手放在肚子上，閉上眼睛。

「我幫您拿些什麼來吧？」

侍女真砂擔心地請示，篤子搖搖頭，對她說可以退下了。

懷孕時，會睡得特別沉、特別久。篤子心想，自己一直沒醒來，一定是因為這樣。

離生產還有一段時間。

她在昏沉中默然思索。

今天應該不會回來了，因為沒有任何通知。

那麼，明天呢？

在夢裡堆滿笑容的丈夫的身影，不知為何逐漸遠去。

當時他笑得那麼溫柔，現在浮現篤子眼底的臉龐，卻充滿苦澀。

宛如呻吟般的聲音，在耳邊迴盪。

——原諒我，篤子……

胸口響起不規律的心跳聲。心臟狂跳，無以名狀的不安湧上心頭。

前幾天來訪的小叔昌親，什麼都沒說。

孩子們說請昌親代為轉達了。請他轉達父親，帶唸過咒語而變得更甜美的當季水果回來。

如果有見到他，昌親應該會代為轉達吧。

說不定他晚回家，是為了找水果。即使篤子說什麼水果都好，他也會仔細選擇當季最好吃、最多汁的水果。

再三斟酌選定後，再唸他私藏的咒語。他會說：「給妳，這個最好吃。」讓篤子第一個品嘗，然後像個孩子般得意洋洋地問她怎麼樣啊？

篤子闔上的眼皮震顫起來。

水果其實只是藉口。

她什麼都不想要，只要丈夫早點回來。

但是，她不好明說，所以，每次都謊稱想吃唸過咒語的水果。

成親心知肚明，但總是會喜孜孜地發牢騷說：「我家太座老愛使喚我。」

因為有願意這麼做的丈夫，篤子才能一直是篤子。

除了成親，沒有人能成為篤子的丈夫。必須是成親才行。

其實，篤子心裡很明白。

不是為了陰陽寮的工作。如果是，那個昌親不會沒預先告知就突然來訪。

肯定是發生了什麼事，所以昌親才會來訪。來訪後，知道丈夫不在家，什麼話都沒說就走了。

因為不想讓篤子他們感到不安。

那之後，怎麼等都等不到消息。

留下一句「原諒我」就消失不見的成親，究竟在哪裡？

「……」

淚水從她闔上的眼睛流下來。

要對誰說：「我不原諒你，快點回來！」才能轉達給他呢？

「想要我原諒就快點回來」這句話，該去哪裡傳達呢？

你為什麼不見了？這句絕不能問出口的話，在胸口捲起漩渦，轉化成慘叫聲。

篤子拚命壓抑，不讓聲音爆發出來。

第一次感到如此不安，她不知道該怎麼辦。

睡意的波濤襲來。

篤子的意識逐漸模糊，彷彿沉入深層的滾滾波浪裡。

不知從哪吹來的風，冷冷地拂過篤子的雙頰。冰涼的感覺擴散到全身，緊緊纏繞不去。

有歌聲從遠處傳來。

是非常美麗的歌聲。每次入睡時都會聽見，一次又一次不斷重複。

這是第幾次聽見了呢？

在遙遠彼方隱約傳來雷鳴的同時，會聽見數著什麼的歌——。

7

傍晚是逢魔時刻，又被稱為大禍時。

有個居民路過靠近京城最南邊的九条大路時，忽然打了個冷戰。

前幾天被熊熊大火瞬間燒燬的宅院就在旁邊。

聽說火熄滅後，檢非違使們在火場廢墟找到兩具屍體。

一具全身焦黑，另一具只剩骨頭。

這件事太奇怪了。明明同時燒死，卻只有一具剩下骨頭。

聽說住在這裡的人，是從四國搬來的貴族。只有夫婦兩人一起生活，沒有請傭人，所以，被發現的屍體一定就是他們兩人。

根據目擊者的陳述，突然燒起來的火，瞬間包圍了整個宅院，驚人的火勢燒光了所有一切。

家具、衣服、柱子、牆壁、屋頂等，所有東西都被燒燬了。
從坍塌燒焦的殘留物，還能勉強看出宅院的模樣。但是，沒有人會想闖入兩個人被無名火燒死的宅院廢墟。
勉強留下來的圍牆也坍了一半，一不小心就會看到慘不忍睹的災後廢墟。
男人慌忙轉頭，快步經過。
因為那裡不吉利，所以每個人都會這麼做。
「……」
男人嘆了一口氣。
最近都沒好事。
怪病正在蔓延。感覺像是流感，但症狀不太一樣。
會咳嗽、發燒、起不來，到處都有人吐血。
是不治之症，死亡人數已經多到數不清。
如果能像貴族那樣請藥師來就好了，問題是沒有那麼多錢。
只能去山裡採藥草煎來喝，然後躺下來，邊發抖邊向神祈禱。
市井小民都是這樣。他們也知道有外來的高價藥草、藥石，但是，那些只有貴族買得起，與小市民無關。

然而，即使心裡明白，在不治之症蔓延時，還是會心生怨恨。

會想著如果有貴族們的藥，說不定能獲救。

起風了。陰曆五月已過半，正是盛夏時候，風卻冷得讓人哆嗦。

因為沒有陽光，所以非常涼快。尤其是起風時，會覺得更涼快。

「嗯……？」

好像聽見什麼奇怪的低語聲，男人停下腳步。

原本想可能是躲在陰暗處，可是，附近只有那個燒燬的宅院廢墟。

難道是有好事者闖入，想找找看有沒有沒燒掉的東西？

他悄悄靠近牆壁，從崩塌處往裡面瞧。

天色已經昏暗，再怎麼凝睛注視也看不清楚。看似柱子的燒焦物體遍布各處，也都快崩塌了。

火勢到底有多大呢？儘管附近的建築物不多，還是要慶幸沒有延燒。

如果是颳強風的夜晚，說不定火勢會擴及整個京城。

越來越多人因病死亡，這種時候絕不能再發生火災。

男人哆嗦顫抖，轉身準備離去。

「……」

這時又聽見低語聲，比剛才更大聲，聽起來也像是很多聲音重疊在一起。宛如歌聲。

男人像是被呼喚般，搖搖晃晃地踏入災後廢墟。

恐懼不知何時消失了，想多聽一下那首歌的欲望不斷高漲，讓他無法思考其他任何事。

「在那邊……」

彷彿被召喚般，腳自己動起來。

走到庭院角落，仔細一看，有個大坑洞。

雖然是第一次進入貴族的宅院，但是，他聽說大庭院大多都有水池，所以猜想就是水池。

歌聲就是從這個看似水池的坑洞底部傳出來的。

搖搖晃晃走近坑洞邊的男人，跪下來看底部。

周遭完全變暗了，如黑漆般的黑暗無限延伸。

他側耳傾聽，細瞇起眼睛。

男人發出讚嘆聲。

「啊……」

多麼美麗的聲音啊。

好想再多聽一下，再多聽一下、再多聽一下。

他把耳朵靠得更近，閉上眼睛，聽得渾然忘我。

不像是這個世間的聲音，他從來沒聽過這麼美麗的聲音。身、心都被深深吸引，彷彿連靈魂都要被帶走了。

坑洞很深，以擂缽狀向外延伸，中心有指甲大小的小臉。

歌聲是來自那些小臉。

不覺中，男人的身體已經埋入土裡，發出噠噗聲響，逐漸往下沉。

被具有奇妙彈力的如水般柔軟的東西包住，男人不可思議地感到滿足。

陶然委身其中的男人的皮膚，瞬間被吸乾，變得又乾又癟。

冰冷的風從身體所有的毛孔灌進來，把男人乾巴巴的皮膚從體內粉碎後，一個黑影搖搖晃晃地站起來。

黑影的四肢宛如枯枝、腹部突起、圓滾滾的大眼睛炯炯發亮。
是個頭上長著怪角的異形，低頭看著擂缽的底部。
原本穿在男人身上的衣服，被撕扯成碎片，埋進了土裡。
男人的靈魂代替吸食血肉和骨頭誕生的鬼，墜入了黃泉。
被黃泉之歌、黃泉之風魅惑，人就會變得貪婪，逐漸墮落。
這時候，鬼就會出現在人間。
人會變成鬼。
被埋葬的屍體，會成為污穢邪念的苗床。
然後，京城將充斥死亡。
在無人知曉的狀態下，悄悄地演變成那樣。
響起噠噗聲，搖擺的黑膠震顫起來。
好幾個小臉向一個地方匯集，沒多久變成了一個。
那是一個會用美麗的聲音唱歌、身體像蛇一樣長、上面只有臉的怪物。
怪物蜷起身體，唱著歌，聲音非常美麗、非常恐怖。
如果昌浩在場，就會知道那是帶來黃泉喪葬隊伍的數數歌。

幾天前的夜晚，柊的後裔被燃起的火焰包圍，黑虫和污穢都被燒光了。

但是，陰陽師布下的結界也同時被燒燬了。

噴出異界邪念的道路，再次被解放。

男人被污穢纏身，在半夢半醒之間死去。他的身體被邪念吞噬，從粉碎的皮膚誕生出來的是被稱為鬼的異形。

鬼是為了召喚風而生。

在遙遠的西國，有扇被開啟的門。鬼的誕生就是為了召喚從那裡吹來的風。

沒有形體的鬼，會隨風來到人間。

穿透道路噴出來的黑膠邪念，會賦予那些鬼臨時的身體。

要完成這些事，都要靠做出魑魅的九流術。

那是聚集邪念的可怕依附體，如同被稱為魑魅的土塊替身。

怪物唱的歌，會引來黃泉之風。

歌聲隨風向四面八方散去。

打頭陣的鬼，環視周遭一圈，嗤笑起來。

◇　◇　◇

「唔——……」

應該在熟睡中的他，不知為何突然醒過來。

在陰陽寮的倉庫，藤原敏次霍地爬起來。

他重新戴好睡著時歪掉的烏紗帽，詫異地環視周遭。

這時候，響起工作結束的鐘聲。

「嗯……？」

他還以為自己是聽到鐘聲醒來，看來並不是。

剛才好像在作夢，因為突然醒來，全都忘光光了。

感覺是什麼很快樂、很幸福的夢，卻難得被徹底從記憶中抹去了。

前幾天作的不可思議的夢，到現在都還記得清清楚楚，所以也不可能是記憶力變差。會忘記那樣的夢，表示自己的狀態很糟糕。

敏次陷入沉思。

「難道不是好夢而是惡夢……？」

因為是偽裝成幸福好夢的惡夢，所以忘記了？

的確有不會覺得是惡夢的惡夢，如果是惡夢，忘了也無可厚非。

「夢被貘吃掉，心情愉悅，迎接黎明，驅邪淨化、驅邪淨化、驅邪淨化、驅邪淨化。」

唸完驅逐惡夢的祭文後，再拍兩次手。

這樣就行了。無論是怎麼樣的惡夢，都可以靠這個祭文和拍手，消除原本會從夢裡衍生出來的災難。

敏次稍微思考後，站起來，打算去洗臉。

這個倉庫裡，收藏著許多除魔、消災的符和驅邪的道具，甚至還布設了強力的結界。

可以受到這麼徹底的庇護，敏次非常感激，但是，他真的很想離開這裡，去做自己原來的工作。

他自己都覺得，身體已經復原到超越想像了。可能要歸功於清水的水，和典藥寮的偽裝成粥的藥石湯吧。

哪天一定要感謝所有關心過自己的人——敏次將這件事銘記於心。

越過結界打開木門，就有冰涼的風拂過臉頰。

敏次皺起了眉頭。

「陰曆五月怎麼會這麼涼快呢……」

風好冷，冷到讓人覺得是寒冷而不是涼快。

而且——

敏次的表情變得嚴肅。他發現風很詭異，不僅是冷，還會讓人心生恐懼。

想到這裡，敏次眨眨眼睛，產生疑惑。

自己不太有感知那種東西的能力，現在卻能清楚判別。

難道是……因為一度差點死亡，所以靈力增強了？

「因禍得福啊。」

這是他坦白的感嘆，然而，狀況並沒有簡單到憑那句話就能說清楚。

但是，敏次也知道，一直鬱悶地埋怨有多嚴重、有多痛苦、有多難受，也沒有任何意義。

不但沒有意義，還會招來禍害。

完全沒必要刻意為自己惹來一身的禍害。

他也沒興趣炫耀自己的辛苦或不幸。

有時間做那種事，還不如多讀一本書、多學一項法術、多幫助一個人。

走向陰陽部的敏次，看到認識的寮官從柱子後面跑出來，而且看到他就瞪大了眼睛。

「糟了……」

他們異口同聲地叫喊著什麼，向他衝過來。

「啊，又要回倉庫了。」敏次半放棄地嘆了一口氣。

◇　◇　◇

籠罩在沉重氣氛中的竹三条宮，點亮了掛在屋簷下的燈籠。

照亮宮殿的橙色光線，給人溫馨的感覺。

此起彼落的咳嗽聲，漸漸變得劇烈。一直臥床不起的人們，食慾越來越差，瘦到讓人心疼。

躺在侍女室的藤花，聽見外面有人叫她，張開了眼睛。

是年長的侍女。她用營養豐富的食材，為臥病在床的人做了清淡的湯，所以送湯來了。

儘管完全沒有食慾，藤花還是向她道謝，接過了湯。

她試著把還冒著熱騰騰蒸汽的碗端到嘴邊，可是才喝一口就覺得想吐。

胸口像在悶燒，藤花停止呼吸，把碗放下來。

一陣暈眩，頭痛欲裂。

她躺下來，吁吁喘氣，眼底劇烈絞痛。

感覺一直在作夢，是會讓人產生幸福感的夢，但是記不清楚了。

明明作了很多夢，卻不停地忘記。

這樣不行。要趕快好起來，多少為脩子做點什麼。

「公主殿下……」

一低喃，眼皮就顫動起來，反射性地滲出了淚水。

她緩緩轉動脖子。

懸掛燈籠的火光，把宮殿照得通亮，庭院也點燃了無數的火把。

點燃所有的火，是因為有人認為稍微暗下來就可能招來禍害，這樣的恐懼正在蔓延。

小妖們不在附近，應該是去主屋察看狀況了。

不知道脩子的病情怎麼樣了？想必晴明一定會想盡辦法救她。

有安倍晴明陪著，脩子一定能獲救。一直以來都是這樣。

但是，為什麼呢？

就是無法消除不安。不但無法消除，還逐漸高漲，壓都壓不住。

冷風不斷吹進來。是特別乾燥的風，感覺心都快被凍結了。

每吸一口氣，焦躁就會撼動胸口，恐懼到無法忍受。從來沒有這樣過。

她閉上眼睛，觸摸瑪瑙手環。

好害怕。根本不知道在害怕什麼，卻好害怕，害怕得不得了。

忽然有個聲音在腦中某處響起。

恐怖的東西即將到來。

心臟撲通撲通狂跳。

恐怖的東西正在逼近。

她不知道為什麼會這麼想，但是，就在這麼想的瞬間，她明白了。

啊，原來如此，難怪這麼害怕。

然後，她察覺到了。

那一定不是自己的聲音。

是警告。應該是風音擔心自己，所以，以這樣的形式來通知自己。

「唔……」

劇烈的疼痛貫穿太陽穴，讓她喘不過氣來。閉上的眼皮底下，劃過好幾道閃電般的龜裂。

她痛得意識逐漸模糊。

從遠處傳來低吼般的雷鳴。

宛如有人在天上唱著恐怖的歌。

「……」

藤花的意識被雷鳴牽著走，沉入了黑暗中。

◇　◇　◇

天色漸漸轉暗。

走到外廊的昌浩，望向遠處，轉動脖子。

神祓眾首領的宅院有寬廣的庭院，直接延伸到大自然的森林。雖然樹木的枯萎也曾蔓延到這裡，但是復原得差不多了。

「嗯……？」

昌浩瞇眼掃視。

臉色蒼白的比古，從宅院的陰暗處走出來，搖搖晃晃地向森林前進。

「比古……？」

昌浩叫他，但他不知道是不是沒聽見，還是繼續往前走。

失焦的眼眸似乎看著這裡之外的某處。

「喂，比古、比古、比古！」

連叫好幾聲後，比古才終於露出從夢裡醒來般的表情。

他眨著眼睛環視四周，與站在外廊的昌浩四目交接。

「昌浩……」

「你光著腳要去哪？」

被指著腳的比古，低頭看自己的腳，哇地大叫起來。昌浩說得沒錯，自己正光著腳，沒穿鞋子或草鞋。

神情困窘的比古走向昌浩。

「你是睡昏了嗎？」

比古很想回嗆詫異的昌浩，但終究還是露出不知該說什麼的表情。

「是……那樣……嗎……？」

滿臉困惑的比古喃喃自語，昌浩把他叫來外廊，自己席地而坐。

在昌浩旁邊坐下來的比古，啪答啪答拍掉腳底的沙土後，露出異常疲憊的表情，深深吐出一口氣。

昌浩盯著比古憔悴的側臉，發現他的眼皮忽地垂下了一半。

他心想又來了，又跟剛才一樣，看著這裡之外的某處。

就在昌浩靜觀其變時，比古低下頭看著自己的手，低聲說：

「我想……把真鐵找回來。」

昌浩屏住了氣息。

比古訥訥地說：

「我想把他找回來，帶回出雲山裡。」

被智鋪祭司奪走的堂兄弟遺體，不能那樣丟著不管，否則會被邪惡的人當成道具，用來召喚災禍。

這樣真鐵太可憐了。

原來的真鐵更溫柔、更寬容、更聰明。

說著這些話的比古，嘴唇顫抖，流露出難以壓抑的憤怒。

「我想把他找回來，可是……」

遇見他好幾次，每次都因為太過激動，被敵人擺布。

「面對他就是不行。」

老是會產生他還活著、還在動的錯覺。那明明就不是真鐵，卻因為容器是他，就覺得他又復活了。

即使是真鐵的身體，裡面依然是不祥的東西。

真鐵不會露出那種表情；真鐵不會那樣說話。

然而心裡明白也沒有用。

「因為我和多由良都希望真鐵還活著……」

遺體被沙土掩埋，沒有找到。在沒找到之前，會有所期待，在心中某處抱著微渺的希望。他們兩個都緊抓著那個希望，把這件事埋藏在心底深處。

「因為希望他會回來，所以……」

比古說不下去了，昌浩不知道該對他說什麼，默默點頭。

他不能否定比古想見真鐵的想法。因為越珍惜某人，就會越想見到死去的某人、越想挽回失去的某人。

「……」

昌浩聽著比古充滿苦澀的呻吟，想起了往事。

浮現腦海的是緋紅的天空。

那是紅蓮忘記自己的那段記憶。

當時他想與其讓紅蓮死去、失去紅蓮，還不如讓紅蓮忘記自己。只要紅蓮能回來、能活著就夠了，他不奢求其他。

但是，他錯了。

每當紅蓮對他冷言冷語、用毫無感情的眼神看著他，他就會心灰意冷，痛苦不堪。

再怎麼告訴自己，那正是自己所願，還是沒辦法面對受傷的心。

現在回想起來，才知道當時自己並沒有作好覺悟。

不是紅蓮會忘記自己的覺悟，而是面對完全不認識自己的紅蓮的覺悟。

因為昌浩原本打算就那樣從人間消失，沒想過會再見到甦醒後的紅蓮——那個回到與自己相遇之前的十二神將騰蛇。

所以，他以為不需要覺悟，完全沒想過需要覺悟。

當時十四歲的他，盡自己所能努力思考後，選擇了自己認為最好的方法。

覺得這是為大家著想、不會傷害任何人的方法。

太可笑了。結果，把自己最不想傷害的人們傷得最重。

他不後悔。不後悔，但是，經常會想到應該還有其他方法。

每次思考後，得到的結論都是當時的自己只能那麼做，因此感受到當時的不成熟。

「結果總是不盡如人意……」

昌浩感慨地低喃，比古用詫異的眼神看著他。

他抬頭仰望日暮將近的天空。

「我們常想如果能怎樣該多好，但總是很難如願。所以，不論發生什麼事，都只能依據現況思考，採取行動。」

一個深呼吸後，昌浩看著比古說：

「不能那樣丟著不管，所以，一定要把真鐵的身體找回來。」

不只是為了比古和多由良。為了不讓智鋪繼續任意使用九流術，無論如何也必須把那個宿體搶回來。

說不定，必須再度正面決戰，再給真鐵致命的一擊。

儘管體內是智鋪的祭司，但容器畢竟是真鐵本身，比古真的下得了手嗎？

跟當時的昌浩一樣。黃泉之鬼用縛魂術把紅蓮五花大綁，再鑽進他體內。昌浩為了擊潰黃泉之鬼，把火焰之刃插入紅蓮的身體，用軻遇突智的火焰燒光了所有邪惡的東西。

既然昌浩做得到，比古應該也做得到吧？但是——

「……」

昌浩遙望遠方。每次想起來，心情都會無比哀戚、沉重。

雖然紅蓮還活著，但是，火焰之刃貫穿紅蓮身體時的觸感，一直殘留在雙手上，不曾消失。

比古也會經歷同樣的事嗎？為了把真鐵找回來、為了把真鐵救回來，親手屠殺最重要的人。

昌浩心想，如果是這樣，自己恐怕是這世上最能理解比古心情的人。

真是的，平時都是那兩人在保護自己跟比古，怎麼會兩人都發生了同樣的事呢。可以放任不管嗎？當然不可以。

在心裡發牢騷的昌浩，聽見不知從哪傳來的高亢聲音反駁他的牢騷。

——喂、喂，不要亂來。

哇，好懷念的聲音，是怪物的聲音。

竟然會用怪物的聲音而非紅蓮的聲音來反駁自己，讓昌浩覺得自己的思考也太奇妙了。

很久沒見到怪物了，不知道紅蓮復原了嗎？

即使有六合、太陰陪在身旁，有事時他還是會不由自主地尋找紅蓮。

不是不相信其他神將們，而是他毫無根據地相信，不論發生任何事，只要有紅蓮在一定能解決。

他望向東邊天空，想著遠在播磨東方的京城的安倍家。

不知道祖父和雙親怎麼樣了？其他神將們是否復原了？連平時嫌煩、嫌吵的小妖們也教人懷念。

一大早就不見太陰的身影。睡前都還在，但醒來時就不見了。

若是出遠門，應該會留下字條或什麼。既然沒留，就是打算快去快回，卻被什麼事情耽擱了。

最好能在完全入夜前回來。

原本以為來菅生鄉可以好好休息，沒想到事情瞬息萬變，感覺連喘口氣的時間都沒有。

值得慶幸的是，這裡有強韌的結界守護，可以好好睡覺，不必防範敵襲。

京城跟這裡一樣，也有結界保護。

不知道為什麼，柊的柊子的臉龐閃過腦海。她已半身腐朽，是扭曲了條理的存在。

透過祖父的式，他大略知道幾件在京城發生的事。那之後的進展不知道怎麼樣了？希望可以好轉。

以前他都是無條件相信，有祖父在絕對沒問題，非常放心。只要大陰陽師安倍晴明健在，就會給他堅不可摧的安全感。

但是，現在沒有那種安全感了。他還是一樣相信晴明，但是，不得不面對祖父已經老去的事實。他親眼看過那個生命一度消失，所以，絕對的安全感已經破滅。

忽然，昌浩皺起了眉頭。

說不定，連這件事都在智鋪的算計內。

缺乏安全感就會產生不安，擔心京城好不好？大家好不好？這樣的不安經常盤踞在心中某處。

每次都是在事發後才察覺。

總是處於被動狀態，被敵人搶先一步，被迫走在敵人鋪好的道路上。

說不定現在這個瞬間也是那樣。

昌浩的表情越來越凝重。

吹起了風。是冰冷的風。風帶來了彼方的雷鳴。

宛如低沉咆哮的聲音，敲打著兩人的耳朵。

雷是嚴靈、是鳴神，是勇猛而可怕的東西。

被厚厚烏雲覆蓋的天空彼方，隨時都存在著嚴靈。
守護這個鄉里的神社被雷擊毀後，裡面供奉的雷神的神威不見了。
現在，這裡沒有神保護神祓眾。
平時受到保護的清靜鄉里，失去了守護，會成為妖魔鬼怪覬覦的地方。
最後如同那個地御柱，會被祈禱之外的負面念想覆蓋。
歸納出這個結論，讓昌浩的背脊掠過一陣寒顫。
皇上病倒後的京城也是一樣。
平時都是身為天照大神後裔的帝皇血脈，在守護這個國家的每個角落。
以前，即使皇上龍體欠安，也還有脩子在。脩子是天照大御神的分身靈，只要有她在，即使沒有陽光也能守護京城。
但是，脩子正在垂死邊緣掙扎，天照的保佑很可能到不了人間。
在天上的天照大御神綻放的光芒，都被烏雲密布的天空遮蔽了。
不祥的預感湧上心頭。
忽然，表情痛苦扭曲的藤花的臉龐閃過腦海。
昌浩的心臟狂跳起來。

被嚇到的比古，看著彈跳起來的昌浩。

「昌浩，幹嘛突然……」

還來不及問怎麼回事，比古的喉嚨就凍住了。

昌浩全身起了雞皮疙瘩。

然後，兩人都清楚聽見，包覆整個鄉里的神祕眾的結界，在天搖地動中碎裂的聲響。

8

地面在震動。

「唔——！」

正在睡覺的時遠，突然尖叫一聲，跳起來。

在兒子身旁不知不覺打起瞌睡的山吹，被那個不尋常的叫聲嚇醒。

整個鄉里都在搖晃。

山吹抱緊突然又哭又喊的兒子，怯怯地喃喃低語：

「怎麼回事……？」

風鑽進了宅院。

乾燥得出奇的冷風，不屬於這世間。

地面劇烈晃動。

反射性抬頭一看，覆蓋天空的烏雲，宛如波濤洶湧的大海般奔騰澎湃。

昌浩和比古看得連眼睛都沒眨一下。

圍繞鄉里的結界被破壞了。不是消失不見了，也不是被解除了。

而是如眼前所見，被誰破壞了。

從四面八方灌進來的風，是冰冷的風、是黃泉之風。

昨日充斥神祓眾墓地的風，被河川阻隔了。那是這世間的境界，是現世與幽世的狹縫。

黃泉之風越過那裡，湧入了現世。

昌浩臉色發白，心想自己才剛在墓地布下了結界啊。

剛剛的衝擊不但破壞了環繞鄉里的結界，也同時破壞了墓地的結界。

驚慌失措的聲音在鄉里此起彼落。

宅院深處也猛然傳出劇烈的哭聲，是時遠被嚇哭了。

昌浩的耳朵捕捉到像是低鳴又像是呻吟的恐怖聲音。

「是什麼呢……」

把手靠在耳朵旁傾聽的比古，露出嚴厲的眼神喃喃說道：

「什麼……要來了……？」

有東西從四面八方湧向了失去守護的鄉里。

偵察過颳起的風後，兩人不寒而慄。不用確認也知道，那是妖怪的氣息。

而且，不是一個、兩個，是多不勝數的異形正逼近鄉里。

昌浩和比古看到大驚失色的夕霧正快步跑向這裡。

「這裡交給你們了！」

這麼大叫的夕霧，穿著鞋直接衝進宅院，抓起幾個咒具又往外跑。

應該是要去修復被破壞的結界。而且不只夕霧，擁有實力的神祓眾應該都趕去了各個要衝，重新布設結界。

昌浩與比古彼此對望一眼後，分頭行動。

比古去追夕霧，昌浩去找害怕的時遠和瀕死的冰知。

徘徊在夢與現實之間的螢，身體受到強烈的衝擊，赫然屏住了呼吸。

圍繞鄉里的結界被破壞了。結界的布設與維持，關鍵之一是首領的靈力。

注入結界的靈力，在結界被破壞的同時，反彈回到了螢身上。

被彈飛的螢，貼在背上的止痛、止血符，漸漸被染成黑色，碎裂剝落。

瞬間，原本被符壓住的劇痛襲向了螢。

「唔……！」

是那種痛到叫不出來的疼痛。背部稍微用力，就痛到幾乎昏厥。

螢拚命扭動身體，把身體蜷起來，氣若游絲地動著嘴巴。

「……夕……」

她用不成聲的聲音呼喚現影。好痛、好難過、救救我。

直覺告訴她，危險正在逼近。

她必須保護這個鄉里、保護時遠未來將要繼承的一切。

究竟發生了什麼事？

螢微微撐開眼睛，擠出僅剩的力氣，爬到外廊。

覆蓋天空的烏雲奔騰澎湃，怒湧翻滾，宛如水面。

在黑暗中無限延伸的黑色水面。

螢茫然低喃：

「是……夢殿……」

連結幽世的夢殿盡頭，也就是那片黑色水面與怒湧翻滾的波浪，在現世的天空如相對鏡般無限蔓延。

每當捲起波濤就會震盪大氣，降下冰冷的風。

從地上往上吹的風，與吹下來的風，都充斥著黃泉的氣息。

翩翩飛舞的白色蝴蝶掠過螢的腦海。

在漆黑的黑暗中擺盪的水邊深處，聳立著巨大的磐石。白色蝴蝶被吸入岩石後面，換成好幾個黑影從那裡爬出來。

黑影鑽進在夢殿盡頭捲起的波浪，沉入波浪裡，再從翻滾的波浪間降臨人世——。

螢看到在某處被做出來的門，像是用岩石削出來的形狀，看得出來是在模仿大磐石。

從黃泉爬出來的那些黑影，是被通往黃泉入口的門招來了這個世間。在離這個鄉里不遠的某處，有個連結界與界的狹縫被鑿穿，門因此被開啟，把他們引來了這裡。

將要吹來黃泉之風，鬼將隨風到來。

冰冷的東西在皮膚上蠢蠢騷動。

「門……在哪裡……」

必須堵住被鑿穿的路，不然鬼會來。鬼會帶來死亡，人間會充斥死亡。

鄉人們、必須守護的人民們，會被即將到來的黃泉喪葬隊伍帶走。

螢強撐著走下庭院，每動一下，劇痛就會貫穿全身，讓她無法呼吸。

「天滿……大自在天……」

她唸誦神名，祈求庇佑。

「哥哥……」

還有、還有。

在朦朧的視野中，她彷彿看到一個身穿黑僧衣的高個子男人。

「幫……幫幫我……」

幫幫我。

求求你，幫幫我。

視野因失血而變得模糊，跨出步伐的膝蓋發軟，她咬緊牙關強撐住。

「篁公……！」

求求你，拯救傳承你血脈的人們——。

剎那間。

拉彈弓弦的聲音啪地破風響起，傳遍周邊一帶。

螢猛然倒抽一口氣。

是鳴弦。從宅院深處傳來的聲音，高亢清澈，震盪空氣，向外擴散。

出現了璀璨的光芒。宛如銀白色螢火蟲的燐光，向她聚集，包圍了她。

「這是……」

有個東西閃過她的腦海。

菅生鄉只有一間神社，是祭祀菅原道真的鎮守神社。那裡遭到雷劈損毀，神不見了，鄉里失去了保護。

但是，其實還有另一個小小的祭壇。

那個祭壇設在首領宅院的密室裡，只有神祇眾的首領可以打開那間密室，悄悄祭祀。

供奉的神是一把劍和一張弓。

在很久以前，小野的祖先曾用它們來擊退妖魔，後來代代相傳，當成守護子孫的重要寶物。

風從空中吹落。看似黑虫的顆粒，也在風中如雨般傾瀉而下。

「虫……妖魔……」

妖魔的碎屑會飄落在整個鄉里。必須防患那些虫。

想要轉身的螢，被劇痛困住了。

如果能使用放在宅院深處的武器，就能守護鄉里的人們。

然而，現在的螢連去拿那些武器的力氣都沒有。

螢強忍疼痛，奮力抬起頭，緊咬的嘴唇滲出了血。

「唔……！」

她靠氣力撐起快跪下去的膝蓋，顫抖著深吸一口氣。

覆蓋天空的黑雲，逐漸降落地面。

螢看到從翻騰的波間露出好幾張臉。

數不清的臉、臉、臉、臉。

臉俯瞰著瀕死的螢，高聲嗤笑著。

所有的臉同時張嘴說起話來。

——已矣哉。

聲音降落。話語降落。咒語降落。

騷然攪亂心窩的刺耳、令人不悅的低鳴，如雨般降落。

——算了吧。

螢高高舉起如鉛般沉重的手。

還沒完結，絕對不會就此完結。

動彈不得的螢，已經沒有力氣去拿武器。既然如此——

「來……！」

影子啊，來此手中。

來繼承小野血脈的神祓眾首領這裡。

「來，破軍……！」

從她高高舉起的左手迸射出銀白色光芒，縱向延伸成弓狀。

大氣震盪。

螢釋放出來的靈力，把黃泉之風往回推。

「螢！」

昌浩在時遠和冰知的房間布下妖魔不敢靠近的結界後，終於趕到了現場。

「唔哇……?!」

充塞現場的強烈波動，定住了昌浩的腳。

昌浩倒抽了一口氣。

背部被染成鮮紅色的螢，架起閃爍著銀白色光芒的弓，把光之劍搭在弓弦上瞄準了黑雲。

她消瘦許多的手臂，微微顫抖著。因為失血過多，她應該連站著都很費力，但儘管如此，她的眼睛還是直直盯著雲、盯著在翻騰波浪間的無數張臉。

從銀白色的弓迸射出驚人的波動。

這時候，昌浩看見高高個子的身影與螢重疊了。

「小野篁命，請守護吾族同胞……！」

咒文近似怒吼。

在鳴弦的同時射出去的箭，破風穿雲，爆開來。

被光灼傷的虫碎成粉末飛散，籠罩整個鄉里的黃泉之風也隨之散去，被逼到遙遠的彼方。

耳朵響起嘰嘰耳鳴聲，昌浩不由得閉上了眼睛。

無聲的爆炸切開了與黑雲重疊的夢殿的水面。

緩緩張開眼睛的昌浩，發出「啊」的低喃聲。

原本劇烈翻騰的雲靜止了。

架著弓的螢，踉蹌了幾步。昌浩慌忙衝下庭院。

銀白色的弓化為光芒散去時，螢也全身虛脫了。

「螢！」

趕在她倒下前抱住她的昌浩，摸到滲透背部的大量出血，倒抽了一口氣。

「螢、螢！」

聽到叫喚聲的螢，微微抬起了眼皮。

「昌……浩……」

「撐住，我幫妳止血……」

正要結印時，螢抓住了他的手，力量大得驚人。

「快破壞……門……」

「門？」

昌浩反問，螢輕輕點著頭，以視線回應他。

「通往……黃泉入口的門……」

她說有人在某處做出了那個門。

黃泉之風會從那裡吹來。風會帶來鬼，鬼會招來妖魔。

鬼將會到來。帶領那些像黑虫、邪念般的妖魔而來，伴隨著污穢。

「快點把門……」

低聲嘟囔的螢，說完就昏過去了。

「妳叫我去破壞門，可是……」

不能丟下螢不管，再不趕快治療就來不及了。

抱起螢要把她帶回房間的昌浩，發現有股力量的波動，包住了她輕得嚇人的身軀。

那是剛才螢握在手上的銀白色弓釋放出來的波動。

昌浩想起她射箭當時的叫喊，完全明白了。

螢叫喊的是「小野篁命，請守護吾族同胞」。

天滿大自在天神是菅生鄉的守護神，所以，昌浩一直以為氏神也是菅原道真公，但是，他錯了。

原來那個男人雖是冥官，但也被供奉為神祓眾的氏神呢。

「還是不要告訴大家吧……」

昌浩就是覺得這樣比較好。

把螢帶回時遠的房間交給山吹照顧後，昌浩就離開了宅院。

神祓眾們的靈力在各個地方高漲，正在修復結界的支點。

忽然，視野角落閃過黑色團塊。

往那裡一看，有好幾個巨大的黑色蛇體正伸長脖子，把奇形怪狀的團塊撞飛出去。

那是比古做的魑魅，他正用魑魅迎擊蜂擁而至的妖怪。

「不要硬來嘛……」

比古也是受了重傷的人，只是靠止血、止痛符壓著。

昌浩環視周遭。

螢所說的黃泉之門在哪呢？

想必是在離鄉里不遠的地方。因為昌浩、比古，甚至連夕霧等神祓眾們，都沒察覺有妖怪靠近。

一定是在極短的時間內被包圍了。黃泉之風應該沒花多少時間，就把周遭一帶灌滿了。

昌浩搜尋妖怪發出來的妖氣。

黃泉之風會帶來妖怪。只要迎風追逐，應該就能找到妖怪們來的途徑。

「太陰跑哪去了嘛。」

有她在，就可以乘著風在天空奔馳了。

快入夜了，那是魔物們的領域，妖怪的力量將會增強。

必須趕快找到門，破壞門、封鎖被鑿穿的道路。

適合鋪路的場所在哪裡呢？哪裡最適合隱藏門呢？

昌浩的視線定在某個點上。

那裡是被告誡不可進入的生人勿近山。與界的狹縫相連結的那個地方，通常沒有人會去。

因為是沒有人會去的地方，所以不會被任何人發現。

昌浩相信自己的直覺，衝向那個地方。

穿越鄉里後，到處散落著妖怪們的殘骸，在可見範圍內已經沒有怪物。

把魑魅變回土後氣喘吁吁的比古，發現昌浩，皺起了眉頭。

「怎麼了？」

昌浩簡略說明了螢的事、黃泉之門的事。

「那麼，我也去，人越多越好吧？」

「是這樣沒錯……但是，你行嗎？」

比古沒有回答，在擔心他的昌浩的胸口輕輕握拳敲了一下，昌浩就沒再說什麼了。

「應該是那邊。」昌浩帶頭往前跑。

穿越森林後，眼前是一片慘不忍睹的光景。

枯萎的樹木折斷、損毀，沒有任何草木存活，讓人想到這就是所謂的死亡世界吧。

原來污穢充斥就會變成這樣，污穢等於死亡。

忽然，他想到當死亡充斥會怎麼樣？如果所有生命都死絕了呢？

那麼，不就會變成與黃泉同樣的世界？

現在吹來的黃泉之風，是又乾又冷的沒有生命的世界的風。只會帶來死亡與污穢的風，光碰觸到就會覺得精氣消耗殆盡。

「好冷……」

比古低聲嘟囔。越進去，溫度越低。

風好冷，奪去了體內的熱度。

昌浩確定自己的直覺沒有錯。會這麼冷，就是因為充滿了陰氣。

他確認風向。風中潛藏著妖氣，裡面有那些妖怪。

忽然，昌浩抬起了頭。

彷彿塗滿黑暗的烏雲，劃過一道紅色龜裂。

說時遲那時快，響起劇烈的雷鳴。

震耳欲聾的轟隆聲，讓昌浩和比古不由得摀住了耳朵。

瞬間，深層的黑暗降落。

張開眼睛的昌浩，發現眼前是一片伸手不見五指的深層黑暗。

心臟咚咚狂跳。

跟之前一樣，被拖進了某個地方。

「昌浩，這裡是……」

聽到比古的聲音就在附近，昌浩鬆了一口氣，慶幸沒各自掉落在不同的地方。

豎起耳朵可以隱約聽見波浪聲。

「……」

啊，果然是。

昌浩不由得閉上眼睛。

水花濺起，濡溼了臉頰。微弱的水聲中，參雜著斷斷續續的歌聲。

遙遠的某處響起雷聲，紅色雷光在沒有盡頭的黑暗彼方一閃而過。

在雷光的方向，瞬間出現一個身影。

昌浩的心臟狂跳起來。

吹來的是黃泉之風，看見的身影是在上風。

「昌浩，有什麼在那邊。」

昌浩想回答警戒的比古，聲音卻出不來，喉嚨又乾又渴。

可能是察覺到昌浩的慌亂，比古的氣息靠了過來。

靠近到在黑暗中勉強可以看到輪廓的距離，比古壓低聲音說：

「有誰在那裡……那個人很危險。」

「危險……？」

脫口而出的聲音，平淡到連自己都覺得不可思議。

「你為什麼覺得危險呢？」

「怎麼這麼問呢……昌浩？」

驚訝的比古抓住昌浩的肩膀。

「喂，你有沒有搞清楚狀況啊？那是敵人，而且，很可能是破壞鄉里結界，讓妖怪發動攻擊的傢伙，這種人不危險哪種人才危險？」

沒錯，比古說得很對。

「是這樣……沒錯，嗯，我是這麼想的。」

「昌浩？你怎麼了？怪怪的。」

「嗯，是很怪，我知道……我都知道。」

自己也知道自己說話顛三倒四，但就是沒辦法好好說話。

心臟怦怦跳個不停，他知道在附近的人是誰。

應該是從一開始就知道了。

知道是誰破壞了菅生鄉的結界、是誰在帶領那些妖怪。

也知道是誰破壞了墓地的結界、是誰把夢殿的水面疊在烏雲上。能做到這種程度的術士不多。

波浪拍打腳下，水位越來越高，轉眼間把兩人吞噬了。

沒有痛苦的感覺。昌浩邊沉入深水水底，邊凝睛注視。

水底有幾個光點。慢慢靠近，會看出那是金色的竹籠眼籠子。

「那是……！」

驚愕的聲音發自比古。他應該沒見過時守，但是，要猜出被關在竹籠眼籠子裡的人是誰，並不困難。

在黑茫茫的黑暗中往下走的昌浩，發現很遠的地方有個大大的身影。

心臟咚地彈跳起來。

他作過一個夢，夢見聳立在黑暗中的大磐石。

明明往下走到了水底，波浪卻還是捲到腳邊。捲過來又退回去、再捲過來，每次都會濺起水花。

兩個竹籠眼被波浪沖向遠處，像漂浮在波浪間的船，搖來晃去。

被關在籠子裡的神們，都垂著頭，一動也不動。

濺起水花要追上籠子的比古，忽然屏住了呼吸。

「昌浩……」

語氣跟剛才不一樣了。

比古看著兩個籠子之外的其他地方。昌浩循著他的視線望過去，看到那裡還有一個籠子。

定睛一看，不禁瞠目結舌。比另外那兩個小一點的籠子，在靠近大磐石的地方。

被關在裡面的是——

「咦……」

茫然低喃的昌浩，咻地倒吸一口氣。

「太陰……?!」

行蹤不明的十二神將太陰，被關在竹籠眼的籠子裡，蹲坐著。

愕然倒抽一口氣的昌浩，凝視著黑暗的另一頭。

「太陰！」

比古一個箭步衝上去。

「喂，太陰！妳醒醒啊！」

他抓著竹籠眼搖晃，扯開嗓子大叫。

發現太陰的手指動了，比古才鬆口氣，心想太好了，她還活著。

「比……古……？」

微微張開的眼睛，露出桔梗色的眼眸。被栗色頭髮蓋住邊緣的臉，白得透底，完全沒了血色。

「妳怎麼了？等等，我放妳出來……」

聽到風從耳邊呼嘯而過的聲音，比古反射性地往後跳。

翻滾幾圈再跳起來時，關著太陰的竹籠眼籠子已經爆開，碎成了粉末。

被彈飛出去的太陰，掉落波浪間，濺起水花。

「太陰！」

比古把水踹開衝過去，扶起太陰。被扶起來的太陰，馬上環視周遭。

「昌……浩……」

「放心，他跟我在一起。」

比古還來不及說昌浩在哪，太陰就一把抓住他的胸口，緩緩搖著頭說：

「不行……快逃……！」

瞬間，波浪向上噴湧，捲起漩渦。

大驚失色的太陰發出慘叫聲。

「昌浩……！」

太陰的尖叫聲震耳欲聾。

潛藏在水底的邪念四散，變成小小的顆粒浮上來。

發出沉沉拍翅聲飛來飛去的那些顆粒，絕對是黑虫。

昌浩結印高喊：

「南無馬庫桑曼答、巴沙啦旦、坎！」

成群襲來的黑虫被彈飛出去，消失得無影無蹤。

水花濺入眼裡，昌浩反射性地閉上眼睛。

風從耳邊呼嘯而過，他本能地扭動身軀。

「唔……」

側面受到重重的一擊。

當反應過來是被吸滿水的披頭外衣擊中時，昌浩已經彈飛出去了。

他跌入波浪間滑行，在他身體下面等著他的邪念捲起了漩渦。

不好，會被奪走靈力。

「破邪、急急如律令！」

他雙掌合十高喊，靈力爆發，邪念一哄而散。

水變成一塊塊，傾瀉而下。因為承重而失去平衡的昌浩，腳步一搖晃，就被一團殺氣趁虛而入。

倒抽一口氣的昌浩，還來不及重整姿勢，慣用手就被反擰了。

「太慢了！」

關節發出嘎吱傾軋的騷動聲響。昌浩刻意縮短彼此距離，抄起對方的腳，解脫束縛，試圖以掌底攻擊對方的喉嚨。

但是，完全被識破了。

對方敏捷地閃過，一把抓住他的左手腕，把他拋飛出去。

無力招架的他，背部撞上水面，衝擊力大到讓他無法呼吸。

「唔……啊……」

他滾到旁邊，閃開飛踢，正要跳起來時，用來支撐身體的腿被抓住，又摔倒了。

水花濺起。吸氣時，他不小心連水一起吸入，胸口頓時一陣灼熱。

敵人又抓住被水嗆得很嚴重的昌浩的慣用手，把他按進了水裡。

「唔……噗……哈……！」

昌浩拚命掙扎，但是，敵人絲毫不為所動。

接著又被翻過身來，背朝水面打落水中。

「唔……」

昌浩瞬間昏死過去。

水花打在臉上，他才赫然醒過來。但是，無法正常呼吸的身體，麻到動彈不得。

儘管如此，他還是奮力扭動身體，靠手臂支撐著爬起來。

眼前有一雙腳。才剛看清楚，水花就遮蔽了視線。

在他反射性閉上眼睛的同時，側腹部受到重重一擊，摔得四腳朝天。

邊把水花濺得四處飛散邊翻滾的昌浩，發出了呻吟聲。

骨頭傾軋作響，還聽見了脆裂聲，全身都在慘叫。

「……」

溼透了的昌浩，緩緩抬起視線。

背對黑暗的哥哥，正俯視著昌浩。

他氣不喘色不變，眼睛正確瞄準了昌浩的要害。

昌浩不寒而慄。在這一連串的攻防裡，成親恐怕連大氣都沒喘一下。

他無法挪開視線。本能告訴他，稍微走神就會被徹底擊垮。

在被邪念包圍的狀態下，比古吞著唾沫。

昌浩與黑衣男的對峙，以時間來說十分短暫。

但是就比古所見，在這之中昌浩已經死過三次。昌浩自以為閃過了，其實是對方放過了他。

「那是誰啊……」

低喃的聲音嘶啞。沒想到智鋪眾裡，竟然有這種妖怪般的男人。

「破壞那個結界、操縱那樣的妖怪……還有現在的表現，搞什麼啊，不可能吧，也太強了……」

聽到半愣怔的低喃，太陰歪著臉說：

「當然……是這樣啊……」

「咦？」

包圍他們的邪念，沒有再向前逼近，因為那只是防止他們成為阻礙的恐嚇。

比古發現被他扶著的太陰在微微發抖。

水花濺起。男人高高舉起手，把靈壓擊落在昌浩身上。

不成聲的慘叫沉入水裡，所謂的「束手無策」，應該就是這樣吧。

昌浩並不弱。他說他在神祓眾的鄉里，受過嚴格的訓練。如他所說，比古在至今接二連三的戰役中，看過很多次他的身手。

不是昌浩遜色，而是對方那個男人太強了。

男人輕而易舉地抓起了昌浩的肩膀。被拎到半空中的昌浩，邊喘氣邊吐水。

比古注視著傲然俯視昌浩的男人，忽然發現一件事。

「是不是……很像昌浩……？」

那樣貌是不是哪裡有點像呢？不只像昌浩，感覺也很像使用離魂術時的年輕安倍晴明。

聽到比古的低喃，太陰的肩膀抖了起來。

看到太陰掩面的樣子，比古想到了一個可能性。

「喂……」

他交互注視著發抖的太陰，以及明明在對峙中卻以傾訴什麼似的眼神望著對手男人的昌浩。

「昌浩是不是有兩個哥哥？」

「這……」

太陰的臉扭成一團，嘴唇戰慄。

「那個是哪個？」

瞬間，響起特別清脆的聲音，和昌浩的哀號聲。

比古都看見了。男人抓住動彈不得的昌浩的右肩，以看起來毫不費力的動作，一舉扭碎了骨頭。

「怎麼會……那麼強呢……！」

全身僵直的比古，聽見太陰低哼般的聲音。

「因為……」

完全失去抵抗力、氣力的昌浩被拋飛出去。

水花四濺。

「他是晴明的繼承人啊。」

出乎意料之外的這句話，讓比古一陣錯愕。

晴明的繼承人。

「繼承……人……？不對吧，昌浩才是……」

太陰搖搖頭，對困惑的比古說：

「在昌浩出生之前……大家都理所當然地認為成親就是晴明的繼承人。」

不是晴明的兩個兒子，也不是長子吉平的孩子們。

即使大家沒說出口，凡是認識安倍成親的人，都會理所當然地認為他就是安倍晴明的繼承人。

然而，在他之後，又有一個孩子出生了，是最小的孫子。出生的孩子，瞬間顛覆了之前的評論。

「成親當然強啦，因為訓練他的是十二神將。」

十二神將親手培育主人的繼承人，把他徹底鍛鍊了一番。成親也全力跟上訓練，簡直就是不要命似地抓著他們狂練。

「昌浩再怎麼修行，訓練他的神祓眾也不過是人類。而成親是在懂事之前，就被我們訓練長大的，怎麼可能贏得了他呢。」

就是有這麼大的差距。

比古看著按住被扭碎的肩膀的昌浩，啞然無言。

冰冷的水花把逐漸模糊的意識拉回來。

「……」

昌浩緩緩張開眼睛。

面對成親默然俯視的冰冷視線，昌浩回看一眼，扯開喉嚨說：

「哥哥……為什麼……」

這時候成親總算挑動了一下眉毛。

「不要進去生人勿近山。」

昌浩瞪大了眼睛。

「不要再管這件事，回京城去。」

然後，成親扔下不能動的昌浩，轉過身去。

他抓起被波浪沖刷的破爛衣服，往太陰和比古那裡瞥了一眼。

包圍兩人的邪念，立刻嘩地流動，沉入了水底。

昌浩拚命抬起頭來。

「哥……哥……！」

他對著遠去的哥哥的背影吶喊。

「為什麼……哥哥……！回答我，哥哥……！」

但是，無論他怎麼叫喊，都得不到回應。

「——……！」

不成話語的悲痛聲音，在黑暗中迴盪。

昌浩當場蹲下來，像個孩子般全身發抖。

水花啪唦四散。

步伐蹣跚的太陰走向昌浩。

昌浩抖動著肩膀抬起頭。

比古屏住了氣息。他還以為昌浩在哭，沒想到昌浩的眼睛是乾的。
但是，應該是哭了。
面對怎麼叫都沒有回應的背影，他一定在心裡哭喊過。
忘了是什麼時候，曾聽他說過。現在不太記得，應該是因為在閒聊中提到的。
他說他有兩個年紀差很多的哥哥，兩個都很聰明、很可靠、很溫柔。
他說比自己厲害許多，是讓他感到驕傲的哥哥。
忽然，沉重的壓迫感消失了。
黑暗的顏色變了，風的性質也變了，奔騰澎湃的波浪也消失了。
「啊……」
眼前是一片夜晚的黑暗。他們從被拖進去的地方，回到了原來的入山口。
吹來的風，依然蘊含著黃泉的污穢。
昌浩緩緩做個深呼吸，開口說：
「對不起……扶我一下。」
比古仔細觀看昌浩。
裂開的嘴唇看起來好痛。最慘的地方應該是肩膀，但是，其他看不見的地方，也可能被傷得很重。

可能是無意識地動到了身體，昌浩突然低聲呻吟起來，臉都歪了。連呼吸都被嗆到，可能是咳嗽的衝擊貫穿全身，臉色變得慘白。

靠著比古的扶持勉強站起來的昌浩，滿臉沉重地對太陰說：

「太陰，我要進去生人勿近山。」

小孩子模樣的神將倒抽一口氣。

「可是，剛才成親說……！」

昌浩輕輕點個頭。每動一下身體，他就會露出忍住疼痛的表情。

「對……他叫我不要進入生人勿近山……黃泉之門可能就在那裡。」

因為那句話，昌浩更加確信這個猜測。

「只要條件吻合，生人勿近山就會與界的狹縫連結。所以，我要鋪路。」

比古問他要鋪路去哪裡？昌浩回說去京城。他緩住動不動就混亂的呼吸，又接著說：

「並不是我哥哥叫我回去我就回去，而是現在這樣贏不了他。」

起碼要取得足以對抗他的智慧和戰力。

成親比昌浩多累積了十四年的經驗。
既然這樣，就要先追加五十年，再從那裡開始籌劃對策。
「而且……」
說到一半，昌浩咬住了嘴唇。成親投敵這件事，恐怕家人都還不知道。
他不想告訴他們，可是非說不可吧？
為了把自己的所見所聞一五一十地傳達給他們，昌浩決定先回京城一趟。
幸好與界的狹縫連結的道路，不費吹灰之力就鋪成了。
昌浩認識那個狹縫的帶路者。
他們在搜尋狹縫的氣息時，路就在眼前出現了。
這應該不只是靠昌浩的力量，而是帶路人感覺到昌浩在找他，所以主動出來幫忙了。
「我要回鄉里，幫他們布設結界。」比古說。
被那個難以置信的陰陽師破壞的結界，恐怕沒那麼容易修復。
而且，多由良也在鄉里，比古不想離開它。
「我知道了，我也會盡快回來這裡……」

光是對話都會讓昌浩氣喘吁吁，是飄浮在半空中的太陰支撐著他。

「比古，有什麼事馬上通知我。」

「怎麼通知？」

「你不是九流的祭祀王嗎？想辦法通知啊。」

昌浩對聳聳肩的比古一揮手，周遭的世界就突然改變了。

因為進入了界的狹縫。

「公子——」

聽到叫喚聲，昌浩垂下了視線。

白色烏龜抬頭看著昌浩和太陰。

9

◆　◆　◆

吵吵。吵吵。

吵吵。吵吵。

齋端坐在躺著的守直身旁，表情凝重。

神使們勸她休息一下，但齋搖頭拒絕了。

除了早晚的祈禱外，齋都不肯離開。

守直一直在睡覺，怎麼叫都沒反應，連眼皮都沒動一下。

但只是那樣。

只是沒醒來而已。守直還是有微弱的呼吸，偶爾還會微笑。

沉睡中的守直，看起來很幸福。

「父親……」

齋輕聲呼喚。守直微微一笑。明知不是對自己的呼喚產生反應，齋還是很高興。

「父親，您又在作夢嗎？」

齋想起父親曾開心地對她說，夢到自己和玉依公主、齋三個人幸福地生活在一起。

齋好羨慕父親，她也好想作三個人一起生活的夢。

「快點醒來，把那個夢說給我聽啊，父親。」

益荒和阿曇只能默默守候著對守直淡淡說著話的齋。

他們叫喚，守直也沒反應。他們也試過用神氣震醒他的魂，但不知道為什麼找不到他的魂。

守直人在這裡，心卻不在這裡。

在每日的祈禱中，齋都會祈求讓父親趕快醒來。但是，神都沒有回應。

「父親……我會再來。」

晚上的祈禱時間到了。齋倏地移動視線，命令阿曇留在原地。

阿曇向她行個禮，她便起身離去。益荒緊隨在後。

離開守直的房間後，齋與益荒走向了祭殿。

照亮祭殿大廳的火把，火焰搖晃得厲害。

齋皺起眉頭。

「是風……？」

仔細看，拍打著三柱鳥居的波浪也十分洶湧。

跨越木柵結界的齋，背脊掠過一陣寒意，臉色發白。

是陰氣。從哪來的？

在一旁待命的益荒，察覺齋的樣子不對。

「齋小姐，怎麼了？」

齋轉過毫無血色的臉，對益荒說：

「我要直接下去地御柱。益荒，帶我去神那裡。」

察覺支撐國家的神有異狀的齋，讓益荒越過結界，將她抱起。

益荒抱著她跳進了波浪裡。

◆　◆　◆

一輛牛車在夜幕中行進。

從竹三条宮往一条大路前進的牛車上，坐著全身纏繞濃濃倦意的老人。

那是一直陪在內親王脩子身旁的晴明，因為不眠不休地施行法術，身體都使不上力了。

總管再三建議他留在宮中休息，但他還是決定先回安倍家一趟。

竹三条宮雖然受到保護，但陰氣還是很濃。

待在那裡，即使躺著也無法好好休息，靈力和體力也可能被慢慢削弱。

他把脩子和藤花暫時交給嵬和小妖們。能做的事他都做了，應該可以撐過幾天。

他按著眼角，重重地吐了口氣。

全身癱軟地靠在牛車上，閉上了眼睛。

因為滿腦子想著脩子的事而暫時沒時間思考的事，頓時湧上心頭。

「……」

冥官的話在耳邊縈繞不去。

越想忘記，腦中越是浮現那個男人的臉龐和聲音。

「晴明大人，到了。」

牧童的聲音讓晴明猛然回過神來。

晴明向隨從和牧童致謝後，鑽進了家門。

時間已經很晚了，吉昌和露樹應該都睡了。

為了不吵醒吉昌他們，晴明悄悄走進自己的房間。

他先檢查躺在房間裡的風音的宿體有沒有異狀，確定她呼吸穩定、體溫也正常。

確認完後，他直接走向外廊。

「那是什麼……？」

感受到生人勿近森林有股波動，晴明皺起了眉頭。

正要把身體探出高欄外時，十二神將勾陣出現在晴明面前。

「喔，勾陣，妳醒了啊？太好了。」

她原本神氣枯竭，陷入昏睡狀態，現在好像復原了，氣色非常好。

晴明真的放心了，接下來等紅蓮醒來就沒事了。

勾陣繃著臉，開口說：

「晴明，我有話跟你說。」

很少聽到她這麼嚴厲的聲音。

「可以啊……勾陣？」

第一次看見她如此深思苦想的眼眸。

十二神將天空發出感嘆聲。

「好厲害……」

解除阻擋火焰的結界後，紅蓮全身纏繞著軻遇突智的神氣，踉蹌幾步，一屁股坐了下來。

「騰蛇，你能控制那個火焰嗎？」

天空問，但紅蓮只是低著頭，不停地吁吁喘著氣。

「嗯，體力消耗到連聲音都出不來了啊？」

這時，紅蓮微微抬起眼睛，瞪視天空，但還是沒說話，因為天空說得沒錯，他體力消耗殆盡，連聲音都出不來了。

喘得肩膀上下抖動好一會的紅蓮，懊惱地低頭看著纏繞在自己皮膚上的看似螢火蟲火的軻遇突智的火屑。

這些火屑怎麼樣都不會消失，彷彿是軻遇突智的火焰在宣示，自己並沒有完全屈服。

紅蓮焦躁地咂舌，閉上眼睛。

高大強壯的身軀，眨眼間變成小小的白色異形。

天空的眉毛動了一下。

「喔。」

怪物用力挺直背脊，噗嚕噗嚕抖動身體。

「不錯──這樣好多了。」

這個模樣原本就是用來完全封住隱形也會溢出來的神氣。

多少還有些燐光閃爍，但比維持原貌時好多了。

「身體怎麼樣？」

被這麼一問，怪物仔細確認身體能不能動、靈不靈活。

「應該沒問題，復原了。」

接下來的問題是，恢復原貌時，該如何全面控制那個火焰。

平時是無所謂，但是，在戰鬥中要爆裂神氣時，軻遇突智會順從嗎？

怪物板著臉咒罵，天空用手中的手杖咔鏘敲擊地面，說：

「你得到了新的力量，現在先為這件事高興吧。」

「哪高興得起來啊，這可是曾經殺死過我的火焰呢。」

天空卻回他說：

「原來是厲害到可以擊敗十二神將最強鬥將的火焰啊，太好了。」

怪物半瞇起眼睛。

心想話還真是隨人說呢。

無論是尸櫻界的火焰之刃，或這次的軻遇突智火焰，都像是從記憶和心靈刨挖出來的東西不斷重現，或者該說是來襲。

眼神呆滯的怪物嘆口氣，甩一下長長的尾巴。

「對了，天空，昌浩怎麼樣了？」

天空在喉嚨深處竊笑，心想第一個就問他啊？

「昌浩他……咦？」

「嗯？」

天空和怪物同時轉過頭去。

在生人勿近森林的一角，產生次元的歪斜，撕裂了空氣。可以感覺到，從那裡噴出他界之風的同時，也飛出了同袍的神氣。

怪物眨了眨眼睛。

嬌小的同袍和貌似被同袍攙扶的人，從樹木間連翻帶滾出現了。

「昌浩！」

「這不是太陰嗎？怎麼了！」

彈跳起來的怪物，奔向往前撲倒跪下來的昌浩。

太陰見狀，尖叫一聲，急速上升。

怪物抬頭看一眼逃走的同袍，嘆了一口氣。每次都是這樣。不過，看到她還是原來的樣子，怪物也放心了。

倒是跪在地上按著右肩抬起頭的昌浩，瞪大了眼睛。

「小怪。」

「喔……肩膀怎麼了？」

看到瞬間變得嚴峻的夕陽色眼眸裡，映著自己的身影，昌浩突然很想哭。

肩膀、側腹部、全身各處，都很痛、很疲乏，光噎到都會無法呼吸。

然而，怪物就在眼前動著、看著自己、呼喊自己的名字。

光是這樣，就不可思議地覺得安心。

昌浩破涕為笑，說：

「嗯，受了點傷。啊，沒事，靠咒語和符就能解決了。」

「喂、喂。」

怪物皺起眉頭，轉過身說：

「剛才晴明回來了，去給他看看。」

「咦，可是……」

昌浩有些猶豫，怪物揮動尾巴催促他。

「快去。」

怪物說完就先往前跑了。

昌浩瞥天空一眼，露出徵詢的眼神。

老將天空點點頭說：

「晴明應該很想見你吧。」

姑且不論要不要請他唸咒語、施行法術，起碼讓他看到自己平安回來，他也能安心。

「知道了。」

昌浩吃力地站起來，小心翼翼往前走，盡量不影響傷口。

經過水池邊，彎過水池的轉角。

「……可……」

怪物豎起耳朵，聽到同袍的聲音。原來是先來晴明這裡了，難怪不見人影。

看到她的側臉那麼絕望，怪物感到奇怪。

怎麼回事呢？

「無法可想嗎？真的不能改變嗎？」

勾陣以不同於往常的粗暴語氣逼問晴明。

晴明苦惱地垂著頭。

怪物不由得停下腳步。胸口莫名地慌亂，有不祥的預感。

怎麼會這樣？

「已經決定的壽命……無法可想。」

晴明的聲音帶著顫抖。聽起來好痛苦，像是從喉嚨深處硬擠出來的。

心臟怦怦加速。

壽命怎麼了？他們兩人在談什麼？

勾陣的表情充滿苦澀，仰著天說：

「兩年……僅僅……」

兩年。什麼兩年？

怪物交互看著晴明與勾陣。

晴明用極其哀傷的眼眸看著勾陣，而勾陣……

怪物的心臟沉重地跳動。

從來沒見過勾陣這個樣子。

「那麼……快……為什麼……！」

勾陣居然會表現出那麼激烈的感情，還雙手掩面。

「昌浩……！」

夕陽色的眼眸凍結了。

「——」

這時候，從倒抽一口氣的怪物的背後，傳來詫異的聲音。

「小怪，怎麼了？」

白色的毛嘩地倒豎。

勾陣和晴明轉過頭來，滿臉愕然。
與兩人四目交接的怪物，張大著眼睛，慢慢轉向背後。
「昌……浩……」

人睡著時會作夢。
都是幸福的夢當然最好，但是，偶爾也會作惡夢。
人有辦法將夢抹去。
如果是惡夢，祓除就行了。祓除後，惡夢就不會帶來災禍。
只要是在睡眠中發生的事，無論是怎麼樣的惡夢都能抹去。

但是，
十二神將不會在睡眠中作夢。

所以，毋庸置疑，

這是惡夢般的現實。

◆　◆　◆

這個原本清靜的地方，瀰漫著令人難受的濃密陰氣，到處都是低鳴般的恐怖拍翅聲。

齋不寒而慄。如果像平時那樣，只有心靈降落到這裡，恐怕已經被陰氣吞噬了。

從益荒手中下來的齋，仰望著地御柱，驚愕地喃喃低語：

「怎麼會這樣……」

巨大的柱子表面，完全被黑色的東西覆蓋了。

扎刺耳朵的拍翅聲，像極了黑色的馬蜂。

宛如陰氣凝聚物的那些東西，是被稱為黑虫之類的妖異。

如此嚴峻的狀態，讓齋不禁搖搖欲墜。她倚靠著在背後待命的益荒，臉色蒼白地環視周遭。

因為呼吸困難，齋不由得按住喉嚨。碰觸到陰氣的手指、臉頰，都瞬間變得冰涼了。

吸入陰氣的齋和益荒，都強烈地產生頭暈目眩。

「齋小姐，此地不宜久留。」

「可是，丟下地御柱不管……」

除了覆蓋柱子的那群黑色物體之外，還有像黑雲般的團塊飄浮在各個角落，全都是黑虫。

在揮散那些聚集過來的虫時，體溫也不斷下降，臉色越來越差。

虫飛來飛去，幾乎快擦到臉龐。被快速移動的一群嘩地包圍住，讓他們動彈不得。

「唔……」

虫發出來的拍翅聲，倒捋著齋的心靈，讓她覺得頭昏眼花，呼吸困難，視線模糊。

「怎麼會這樣？為什麼這個神聖的場所會瀰漫那樣的陰氣……」

忽然，齋沉默下來。
詫異的益荒發現她的視線定在某個地方。是地御柱後面。黑虫群在那裡飛來飛去，看起來就像烏雲在蠕動，她的視線就定在那裡的深處。
益荒不禁懷疑自己的眼睛。
怎麼可能。
瞪大眼睛的齋，搖搖晃晃地向前走。
「啊……」
「齋小姐，請等一下！」
益荒立刻把手伸向齋，但是，齋溜出他的手，跌跌撞撞地衝出去了。
趕緊追上去的益荒，被黑虫群擋住了去路。拍翅聲與濃密的陰氣一起湧上來，益荒一陣暈眩站不穩，差點跌倒。
齋目不斜視，東倒西歪地衝向地御柱。在齋前方飛來飛去的黑虫們，分別飛到兩邊，開出一條路來，像是在引導她前進。
覆蓋地御柱的虫們，嘩地振翅飛起來。

拍翅產生的波動，劇烈地拍打在齋的臉上，彷彿在阻止她前進。她停下來，很快把手舉起來，護住眼睛。

耳朵出現耳鳴，在腦海裡嗡嗡迴響。拍翅聲也好吵。

齋覺得意識逐漸模糊，好像快暈倒了。

「──……！」

就在她快倒下時，有白皙的手指輕柔地抓住了她舉起來的手。

「唔……！」

齋倒抽一口氣，緩緩抬起頭來。

在無數飛來飛去的黑虫裡，有一張邊緣覆蓋著長髮、美得閃閃發亮、令人懷念的面孔。

齋的肩膀顫抖起來。眼前的事太驚人，讓她感到暈眩。

「這是……夢……嗎？」

不禁脫口而出的詢問，得到對方微笑的回應。

「不是──」

玉依公主彎下腰配合齋的視線高度，舉起雙手托住齋的雙頰。

「不，這不是夢，我回來了。」
用慈祥的眼神看著齋的玉依公主，美麗動人，笑得好妖豔。
「我回來了啊，齋，我好想見到妳。」
好想見到妳這句話，深深沁入了齋的內心深處。
好想見到妳。是的，好想見到妳。再一次、再一次。至少再一次。
想到幾乎瘋狂，想到甚至羨慕父親，想到甚至妒忌父親。
「公……主……」
齋的眼眸波動搖曳。
玉依公主輕輕搖著頭說：
「齋，可以叫我母親了嗎……？」
聽到這句話，齋的眼淚再也忍不住潰堤了。
「母……親……！」
齋就那樣投入了玉依公主的懷抱。
如黑暗般漆黑的衣服裡的纖瘦雙手，溫柔地抱住了齋。
黑虫包圍著她們，拍翅聲層層重疊。

「齋……」

忽然，有個聲音掠過耳朵。

齋顫動眼皮，茫然地張開眼睛。

隱約聽見的叫聲，是誰的聲音呢？

「益荒……？」

怎麼了？他在叫什麼呢？

齋想環視周遭，但視線完全被黑虫遮蔽了，看不見益荒。

纖瘦的雙手擁抱著齋。黑色衣服覆蓋視線。黑虫群包圍著齋。

為什麼不在附近呢？平時益荒和阿曇都會在齋伸手可及的地方待命啊。

虫飛來飛去。柱子被黑虫覆蓋。神逐漸被陰氣污染。

啊，這樣下去不行，神將會——

「母親……這樣下去不行……」

必須盡忠職守，保護柱子，向神祈禱，請求神威降臨。

「齋。」

如血般鮮紅的嘴唇，邊叫喚齋的名字，邊妖豔地微笑。

「妳什麼都不用做了。」

「可是。」

「沒關係——母親會保護妳。」

緊緊的擁抱打斷了「可是」的低喃。

「母親會保護妳，母親會保護妳，母親會保護妳。」

呢喃細語不斷重複，所說的話與拍翅聲重疊，形成奇妙的迴響。

可是，職務呢？污穢擴大，地脈就會發狂。

大地陷入狂亂，上天也會被波及。

雨又會下個不停……大地的污穢會導致上天的污穢。

「妳可以什麼都不用想了。」

「什麼都……不用……？」

「對，什麼都不用想了，母親會保護妳，母親會。」

「母親會……」

「母親會保護妳，妳什麼都不用想了，母親會保護妳。」

重複再重複的話，深深沁入心底，逐漸塗滿了思維。

「……」

齋原本閃爍著理智光輝的眼眸，變得迷濛混濁。

「不用……想了……」

啊，沒錯，既然母親這麼說，就不用想了。

「沒關係，不用想了，母親會保護妳。什麼都不用想了，母親會保護妳。」

玉依公主邊重複那些話，邊撫摸齋。用纏繞般的指法，撫摸齋的頭髮、臉頰、脖子、背部。

撫摸的手指讓齋欣喜若狂。這是她渴望的再次見面、再次撫摸。

所以。

即使美麗白皙的手指冷得像冰一樣，她也無所謂。

「母親會保護妳。」

不斷重複的話語，鑽進耳朵深處，逐漸麻痺了心智。

好高興。母親會保護我。好高興。母親會保護我。

「妳歸母親所有，妳的生命歸母親所有，妳歸母親所祈禱的神所有。」

歸神所有。

沒錯——我已經把我的身體獻給了神。
這個生命歸神所有。
所以，這個身體歸母親所有。
歸屬於現在緊緊擁抱著我的母親。
這個生命歸屬於母親。
歸屬於母親所祈禱的神。
「齋……母親心愛的齋……」
齋歸屬於母親。齋歸母親所有。
好高興。好高興。好高興。
「什麼都不要想，睡覺吧。」
睡吧。躺在這個臂彎裡，什麼都不用怕。
「好……」
白皙的手指梳著齋的頭髮、撫摸著齋的頭，一次又一次。
溫柔的動作舒服得令人陶醉，心神蕩漾。
齋全身虛脫，已經無法自己站立了。

「母……親……」
她用撒嬌、口齒不清的聲音叫喚，母親就會用更強力的擁抱來回應她。
啊，好開心。
被緊緊擁抱。好緊、好緊，緊到快窒息了。
太緊了，緊到呼吸困難。
好開心、好開心——幸福得不得了。
「母……親……」
「睡覺吧？」
耳邊的甜甜呢喃聲，讓齋闔上了眼睛。
「母親會……」
「母……親……」
「母親會帶妳走。」
帶我去哪？這個朦朧的疑問，因為不斷撫摸頭髮的手指帶來的舒暢，煙消雲散了。
她要躺在這個臂彎裡。待在這裡，就不需要神使的保護了。

不需要了，什麼都不需要了。

我願意去。只要跟母親在一起，我哪裡都願意去。

好像聽見從某處傳來的類似叫喊的聲音。

那是什麼聲音呢？

「那是……雷……」

聽到耳邊的輕聲細語，齋「啊」地吐出一口氣。

雷總是在遠處作響。

啊，是拍翅聲。

「母親會保護妳，會帶妳走——」

齋微笑著說好。

被黑衣包覆、被黑色拍翅聲包覆，齋覺得好幸福。

她渴望的是母親的聲音，她想聽的是母親的聲音。拍翅聲幫她消除了那之外的聲音。

黑虫的拍翅聲聽起來好舒服，是消除所有一切的聲音。

她只要母親的聲音，她只要母親的輕聲細語。那之外的聲音她都聽不見，什麼也聽不見。

迷亂蕩漾的心，再也不需要任何東西。

被黑虫群包圍的益荒大叫：

「齋小姐、齋小姐！」

然而。

「齋小姐，不可以閉上眼睛！不可以，那是……！」

益荒被黑虫群隔開，拍翅聲層層交疊作響，阻斷了他的叫聲。

齋陶醉地委身其中。

她就是要這冰冷的手指。她就是要纏繞她的手指。

她就是要母親，只要母親。

她就是要母親。

只要母親。

啊，宛如一場夢。

母親——。

◆　◆　◆

不知為什麼，安靜得令人戰慄。

降落到地御柱旁的阿曇，看到瀰漫的濃密陰氣，不寒而慄。

「好像有什麼——……」

發現趴倒在地上的益荒，阿曇跑過去搖醒同袍。

「益荒、益荒。」

益荒冷得像冰一樣，阿曇大吃一驚，慌忙把手伸到他嘴巴前。

還有氣息。摸他的脖子做確認，也能感覺到微弱的脈搏。

「齋小姐……」

蒼白著臉環視周遭的阿曇，視線停在地御柱後面。

那是齋祈禱時穿的白衣。

阿曇彈跳似地衝出去。

飄浮著驚人的陰氣，地御柱的氣已完全枯竭，絲毫感受不到神威的存在。

齋仰躺在柱子後面。

皮膚完全沒有血色。

凌亂披散的黑髮與蒼白的肌膚成為對比。

「齋小……」

叫到一半，阿曇的視線就被齋的臉龐吸引了。

齋露出幸福的笑容。

不是平時那種有點勉強的僵硬笑容。

而是符合她年紀的天真無邪的笑容。

唦唦。唦唦。
唦唦。唦唦。

唦唦。唦唦。
唦唦。唦唦。

聽起來也像是咆哮聲的劇烈雷鳴震響，掩蓋了波浪的聲音。

後記

每次把寫完的原稿交給伊東老師，請老師畫封面插圖時，我和責編都會一起漫然思考，內容是這樣所以插畫可能是這種感覺？人物可能是這幾個人？

但是，我們終究是外行，所以在發想、色彩、構圖上，根本不可能比得上以畫為專業的插畫家。

這一集，我們也是隨口討論「畫冥官？」、「乾脆不放主角？」、「背景會是雲嗎？」、「也可能走黑虫路線」等等，結果，最後畫出來的插圖把我們的討論通通一腳踹開，完成度超高。

再次深深覺得，委託伊東老師作畫真的太好了……！

對了，有件事在聽說之前，我完全沒發現。S濱責編也說在伊東老師沒告訴她之前，她也沒發現。

那就是封面上有幾隻眼睛，在用書腰遮住的水面深處閃閃發光。
我慌忙確認，不禁毛骨悚然。嚇！是黃泉之鬼……！
請務必拿下書腰找找看。

言歸正傳。
託大家的福，《少年陰陽師》迎來了十五週年。
可以持續到現在，都要歸功於所有相關人員、相關處所。
真的、真的萬分感謝。
寫得渾然忘我，驀然回首已十五年。系列剛開始時才出生的孩子，都已經國中畢業了吧……我經常收到來信說一家三代一起閱讀，也收過古稀之年的長者寄來的字跡漂亮的信，讓我不禁深深感嘆昌浩他們實在太厲害了，彷彿他們都與我無關似的。
沒辦法，因為寫到渾然忘我，如在夢中。開始寫《少年陰陽師》後，我每天都過著夢般的生活。
真的很不可思議。在迎接十五週年這個段落之際，對於還能繼續寫作這件事，我在喜悅之餘，也同時感受到繼續寫的壓力。或許，以前一直是如在夢中，現在終於回到了現實吧。

在這個十五週年，編輯部似乎替我籌劃了種種事情。詳細內容請隨時參閱KADOKAWA股份有限公司的《少年陰陽師》特設網頁，或Beans文庫官方網站。說不定會做目前為止不曾做過的事情。

另外，在這本書出版沒多久後的四月二十五日，預定由角川文庫出版《吉祥寺所有怪事承包處》第一集。封面是繼單行本之後，請宮城老師重新繪製插圖。

《吉祥寺所有怪事承包處》正在電子小說雜誌《小說屋 sari-sari》連載中，所以那邊也請多多關照。園藝師陰陽師及園藝師丹羽氏都在那裡奮戰中。

去年提到的《派遣陰陽師》和《陰陽師安倍晴明》的新作，已經在我腦海裡，希望能逐漸成形。

我會在Twitter（twitter.com/mitsuru_y）以及在Facebook（facebook.com/yukimitsuruworks）等SNS及官方網站上，逐一發布訊息，所以，請大家上網確認喔。

十五年下來，已出版的書已經沒辦法全部登在封面摺頁上（苦笑）。我請出版社幫我做了QR code，方便大家可以隨時查詢副標題和今後預定新書。

在SNS上，我會夾雜著無關緊要的話題，或關於白柴的事，或與白柴相關的事，或白柴的日常，發布工作訊息。

那麼，下一本書再見了。

結城光流

結城光流官方網站「狹霧殿」http://www.yuki-mitsuru.com/

國家圖書館出版品預行編目資料

少年陰陽師．伍拾貳，悲鳴之泣／結城光流著；涂愫芸譯．-- 初版．-- 臺北市：皇冠，2021.05
面； 公分．--（皇冠叢書；第 4940 種）（少年陰陽師；52）
譯自：少年陰陽師 52：こたえぬ背に哭き叫べ

ISBN 978-957-33-3715-7（平裝）

861.57　　110005057

皇冠叢書第 4940 種
少年陰陽師 52

少年陰陽師——
悲鳴之泣

少年陰陽師 52
こたえぬ背に哭き叫べ

作　　者—結城光流
譯　　者—涂愫芸
發 行 人—平雲
出版發行—皇冠文化出版有限公司
台北市敦化北路 120 巷 50 號
電話◎ 02-27168888
郵撥帳號◎ 15261516 號
皇冠出版社（香港）有限公司
香港銅鑼灣道 180 號百樂商業中心
19 字樓 1903 室
電話◎ 2529-1778　傳真◎ 2527-0904
總 編 輯—許婷婷
責任編輯—張懿祥
美術設計—苡汨�
著作完成日期— 2017 年
初版一刷日期— 2021 年 5 月

法律顧問—王惠光律師

讀者服務傳真專線◎ 02-27150507
電腦編號◎ 501052
ISBN ◎ 978-957-33-3715-7
Printed in Taiwan
本書定價◎新台幣 280 元／港幣 93 元